KB239083

Memories

독일인의 사랑

Memories
A Story of German Love

프리드리히 막스 뮐러 지음

배명자 옮김

더스토리

The picture of an Unknown

Memories

A Story of German Love

BY
MAX MÜLLER

TRANSLATED FROM THE GERMAN, BY
GEORGE P. UPTON

New Illustrated Edition

WITH PICTURES AND DECORATIONS BY
MARGARET
AND
HELEN MAITLAND ARMSTRONG

CHICAGO
A. C. McClurg & Co.
1906

Contents

Illustrations

Author's Preface
서문

이제는 묘지에 잠들어 있는 사람이 얼마 전까지 앉았던 책상에 한 번쯤 앉아 보지 않은 사람이 있을까. 이제는 묘지의 성스러운 평화 속에 누워 있는 사람의 성스러운 비밀이 오랜 세월 감춰져 있던 서랍을 열어 보지 않은 사람이 있을까.

서랍 안에는 소중한 사람이 소중히 간직했던 편지들이 들어 있다. 사진, 리본 그리고 페이지마다 메모를 한 책도 있다. 이제 누가 이것들을 읽고 설명할 수 있을까. 어느 누가 이 빛바래고 부서진 장미 꽃잎을 다시 모아 상큼한 향기를 되살릴 수 있을까.

시신을 화장하기 위해 그리스인들이 지폈던 불, 고대

인들이 가장 귀한 것을 태웠던 바로 그 불이 여전히 이런 유품이 가서 쉴 수 있는 가장 안전한 피난처다.

영원히 눈을 감은 책상 주인 외에는 아무도 본 적이 없는 글들을 뒤에 남은 친구들이 꺼림칙해하며 읽는다. 그래서 서둘러 대충 훑어보고 별로 중요한 것이 아니다 싶으면 곧바로 불에 던져 버린다. 그러면 종이들은 불 속에서 다시 한 번 활활 타오른 후 영원히 소멸되고 마는 것이다.

여기에 실린 글들은 불에 던져지지 않고 살아남은 것들이다. 처음에는 고인의 가까운 친구들에게만 읽히려 했으나 얼마 지나지 않아 모르는 사람들 사이에서도 애독자가 생겨 차라리 세상에 널리 소개하기로 했다. 가능한 많은 글들을 싣고 싶었지만 원고들이 워낙 심하게 뒤섞이고 손상되어 정리하여 편집하기가 쉽지 않았다.

1866년 1월 옥스퍼드에서
프리드리히 막스 뮐러

First Memory

A new world disclosed itself to me

First Memory

첫 번째 회상

 어린 시절에는 비밀과 신비가 깃들어 있다. 그러나 어느 누가 그 시절의 비밀과 신비를 얘기하고 설명할 수 있을까. 우리는 모두 어린 시절이라는 고요한 신비의 숲을 지나왔다.

우리는 모두 황홀경에 눈을 떠 본 적이 있고 인생의 아름다움이 밀물처럼 밀려와 우리의 영혼을 적셨던 때도 있다. 그때는 우리가 어디에 있는지 누구인지 몰랐다. 그때는 온 세상이 우리 것이었고 우리는 온 세상에 속했다.

시작도 끝도 없고 휴식도 고통도 없는 영원한 삶이었다. 우리의 마음은 봄날의 하늘처럼 밝고 오랑캐꽃의 향기처럼 신선하며 주일 아침처럼 고요하고 거룩했다.

그런데 무엇이 이런 어린 시절의 신성한 평화를 깨는 걸까?

어째서 이런 천진난만한 삶이 언젠가는 끝날 수밖에 없단 말인가.

무엇이 우리를 이 유일하고 완전한 축복에서 갑자기 끌어내어 외롭고 쓸쓸한 어두운 삶으로 들여보내는가.

근엄한 표정으로 죄를 짓기 때문이라고 말하지는 말자. 어린아이가 어찌 죄인이 될 수 있단 말인가. 그렇게 대답하느니 차라리 모른다고 하고 조용히 있는 편이 좋으리라.

봉오리가 꽃이 되고 꽃이 열매가 되고 열매가 썩어 흙이 되는 것이 죄란 말인가. 애벌레가 번데기로 변하고 번데기가 나비로 변하고 나비가 죽어 흙이 되는 것이 죄란 말인가. 어린아이가 어른이 되고 어른이 노인이 되고 노인이 흙으로 돌아가는 것이 죄란 말인가.

그렇다면 흙은 무엇인가.

차라리 모른다고 하고 조용히 있는 편이 좋으리라.

그러나 인생의 봄을 돌아보고 그때를 생각하며 추억하는 일은 참으로 아름답다. 인생에서는 무더운 여름에도 우울한 가을에도 추운 겨울에도 이따금 봄날이 찾아오고,

그러면 우리의 가슴은 "내게도 봄날이 찾아왔군!" 하고 감탄한다.

오늘이 바로 그런 날이다.

나는 향기로운 숲 속 보드라운 이끼 위에 무거운 팔다리를 쭉 뻗고 누워 초록 잎사귀 사이로 끝없이 펼쳐진 파란 하늘을 바라보며 생각한다.

'나의 어린 시절은 어땠지?'

다 잊은 듯하다.

기억의 책은 집에 있는 낡은 성경과 같다. 처음 몇 장은 완전히 색이 바래고 해져 너덜거리며 그다지 깨끗하지도 않다. 몇 장을 넘겨 아담과 이브가 에덴동산에서 쫓겨나는 부분에서야 점차 깨끗해져서 읽을 만해진다.

발행 장소와 발행일이 적힌 속지라도 찾을 수 있으면 좋으련만!

기억의 책에는 그런 속지가 없고, 대신 깨끗한 문서 한 장이 발견된다. 세례 증서. 거기에는 우리가 언제 태어났고 부모와 대부모가 누구인지 적혀 있어 적어도 우리의 존재가 발행 장소와 발행일이 없는 해적판이 아님을 말해 준다.

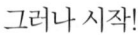

그러나 시작!

시작이라는 것이 차라리 없었더라면 좋았을 텐데. 시작을 떠올리려고 하면 금세 모든 생각과 기억이 멈춰 버리니 말이다.

우리가 어린 시절로 그리고 어린 시절에서 다시 끝없는 그 이전으로 달려가면, 시작이라는 심술궂은 놈은 자꾸 달아나서 우리의 기억이 끈질기게 뒤를 쫓아가도 결코 잡지 못한다. 그것은 마치 어린아이가 하늘과 땅이 맞닿은 곳에 가기 위해 달려가면, 하늘은 자꾸 달아나서 언제까지나 저 위에 있고 어린아이는 결국 지쳐 그곳에 다다르지 못하는 것과 같은 이치다.

설령 우리가 그곳에, 존재의 시작에 다다른다 하더라도 과연 무엇을 기억해 낼 수 있을까. 흠뻑 젖은 강아지가 물을 털어 내듯 우리의 기억을 모두 털어 내더라도 기묘한 장면 몇 개뿐이리라.

그렇다 하더라도 기억을 더듬어 나의 시작을 떠올리면 처음으로 별을 보았을 때가 기억난다. 아마도 별들은 그전에도 이미 나를 여러 번 내려다보았을 것이다.

어느 날 밤, 나는 어머니의 품에 안겼는데도 추위 때문인지 어떤 공포 때문인지 소름이 돋고 온몸이 얼어붙는 듯했다. 말하자면 나는 평소보다 각별히 내 작은 자아에 주의를 기울이고 있었다. 그때 어머니가 반짝거리는 별을 보여 주었고, 나는 별에 감탄하며 분명 어머니가 별을 그토록 아름답게 했을 거라 생각했다. 그러자 어머니의 품이 다시 따뜻해졌고 나는 이내 잠이 들었다.

다음으로 기억나는 것은 언젠가 내가 풀밭에 누워 있을 때인데, 주변의 모든 것이 흔들거리며 고갯짓을 했고 벌들이 붕붕 소리를 내며 날아다녔고 바람 소리도 들렸다. 그때 작은 몸체에 날개와 가느다란 다리가 여럿 달린 곤충이 떼로 날아들어 내 이마와 눈 위에 앉더니 꾸벅 인사를 하는 것이었다. 그러자 눈이 아파 왔고 나는 어머니를 불렀다.

"이를 어째! 못된 모기가 눈을 물었네." 하고 어머니가 말했다.

나는 눈을 뜰 수 없었고 파란 하늘도 더는 볼 수가 없었다. 그때 어머니의 손에 오랑캐꽃 한 다발이 들려 있는데 짙은 보라색 꽃의 싱그러운 향기가 머릿속까지 스며드는 것 같았다. 그래서 봄을 알리는 오랑캐꽃을 보면 지금도 그때가 생각나 살며시 눈을 감고 짙은 보라색 하늘을 마음에 그려 보게 된다.

그다음으로 기억나는 것은 별이나 오랑캐꽃보다 훨씬 아름다운 새로운 세계가 내게 열린 일이다. 부활절이었는데 어머니는 아침 일찍 나를 깨웠다. 창문 밖으로 오래된 교회가 보였다. 아름다운 교회는 아니었지만 높다란 지붕과 뾰족한 탑이 있었고 탑 꼭대기에는 황금색 십자가가 달렸으며 다른 집들에 비해 훨씬 오래된 회색 건물이었다.

언젠가 나는 그곳에 누가 사는지 궁금해서 쇠창살 틈으로 들여다본 적이 있었다. 안은 텅 비어 춥고 쓸쓸했으며 아쉽게도 아무도 살고 있지 않았다. 그 후로 교회 앞을 지날 때면 나는 섬뜩한 기분이 들었다.

부활절 새벽에는 비가 내렸지만 이내 그쳐 해가 하늘 높이 솟아올랐고, 낡은 교회는 회색 슬레이트 지붕과 높은 창 그리고 황금색 십자가가 달린 첨탑과 더불어 찬란히 빛났다. 별안간 높은 창에서 반사된 밝은 빛이 사방으로 쏟아졌다.

그 빛이 너무나 눈부셔 나는 눈을 감았고, 빛은 감은 두 눈을 뚫고 들어와 내 영혼의 모든 것을 빛나게 하고 향을

발하게 했으며 마음을 울려 노래하게 했다. 내 안에서 새
로운 인생이 시작되는 듯했다. 마치 다른 사람이 된 기분
이었다.

교회에서 들리는 저 소리는 무슨 소리냐고 어머니에게
물었더니 부활절 찬송이라고 했다. 그날 내 영혼을 속속
들이 파고든 경쾌하고도 성스러웠던 그 노래가 어떤 찬
송이었는지는 끝내 알아내지 못했다.

어쩌면 그 노래는 루터의 단단한 가슴속까지 스며들었
던 옛 찬송가였으리라. 그날 이후로 두 번 다시 그 노래를
듣지 못했다.

그러나 지금도 베토벤의 '아다지오'나 마르첼로의 '찬
미가'나 헨델의 합창곡을 들을 때면, 혹은 스코틀랜드 고
산 지대나 티롤 같은 곳의 소박한 민요를 접할 때면, 낡은
교회의 높은 창문이 다시 빛나고 오르간 소리가 내 영혼
에 속속들이 스며들어 별이 빛나는 밤하늘이나 오랑캐꽃
향기보다 더 아름다운 새로운 세계를 여는 듯하다.

내가 기억해 낼 수 있는 가장 어린 시절의 일들은 이런
것이다.

그리고 이런 회상들 사이로 사랑이 가득한 어머니의 얼

굴과 인자하면서도 엄한 아버지의 모습, 정원, 포도 넝쿨, 부드러운 푸른 잔디, 그리고 내가 아끼던 낡은 그림책이 떠오른다. 이것들이 내 기억의 첫 장에서 읽을 수 있는 전부이다.

그러나 그 뒷장부터는 훨씬 선명하고 뚜렷해진다. 이름과 모습 들이 여럿 떠오른다. 어머니와 아버지뿐 아니라 형제자매, 친구들, 선생님들, 그 밖의 수많은 사람들.

그렇다! 그 수많은 사람들에 대한 여러 회상이 내 기억의 책 속에 적혀 있다.

Second Memory

I ran to the beautiful lady

Second Memory

두 번째 회상

우리 집에서 그리 멀지 않은 곳, 그러니까 황금색 십자가가 달린 오래된 교회 맞은편에는 교회보다 더 크고 첨탑도 여럿인 거대한 건물이 하나 있었다.

교회 첨탑과 마찬가지로 그곳의 첨탑들도 온통 회색으로 꽤 오래된 듯했지만 꼭대기에 황금색 십자가는 없었고 그 대신 독수리 석상이 앉아 있었으며 중앙 현관 바로 위에 솟은 제일 높은 첨탑에는 흰색과 푸른색 무늬의 커다란 깃발이 나부끼고 있었다. 중앙 현관 밑으로는 길게 계단이 나 있고 그 양편에는 기마병 둘이 방패를 들고 서 있었다.

이 저택에는 창문이 아주 많았는데 창문 안쪽으로 황금

색 술이 달린 붉은 명주 커튼이 드리워져 있었고, 정원에는 보리수 고목이 빙 둘러 있어 여름이면 푸른 잎사귀가 회색 벽에 그림자를 비추고 향기로운 흰 꽃잎이 잔디에 사뿐히 내려앉았다.

나는 종종 그 저택을 들여다보곤 했는데, 보리수 향이 은은히 번지고 등불이 켜지는 저녁이면 여러 사람의 그림자가 이리저리 창에 어른거렸다. 저택에서 음악이 흘러나오고 마차를 타고 온 신사 숙녀 들은 높은 계단을 황급히 올랐다. 모두가 좋은 사람 같았고 아름다워 보였다. 신사들의 가슴에는 별 모양의 훈장이 달렸고, 숙녀들의 머리에는 싱싱한 꽃이 꽂혀 있었다. 그때 나는 속으로 묻곤 했다.

'나는 왜 들어갈 수가 없지?'

그러던 어느 날 아버지가 내 손을 잡으며 말했다.

"우리도 저 성에 들어갈 거야. 후작 부인을 만나면 그분의 손에 키스를 해 드리고 묻는 말씀에 공손하게 대답해야 해. 알았지?"

당시 여섯 살쯤 되었던 나는 그 나이에 느낄 수 있는 최고의 기쁨을 맛보았다. 등불이 켜진 창에 어른거리는 그림자를 보며 이미 갖가지 상상을 했었고, 후작 부부가 굉장히 훌륭한 사람들이라는 얘기를 오래전부터 집에서 자주 들었었다.

그분들은 무척이나 자비로워 가난한 이들을 돕고 병자를 위로하며, 마치 착한 사람을 지켜 주고 나쁜 사람을 벌하기 위해 하느님이 택한 사람들이라고 생각했다.

성안에서 일어나는 일들을 오래전부터 마음에 그려 왔던 터라 후작 부부는 내가 가지고 놀던 호두까기 인형이나 납으로 만든 병정만큼이나 아주 친근한 존재였다.

아버지를 따라 중앙 현관의 높은 계단을 오를 때 나의 가슴은 두근거렸다. 후작은 '전하', 후작 부인은 '마마'라 불러야 한다고 아버지가 내게 이르고 있을 때, 현관문이 활짝 열리더니 키가 크고 눈이 반짝이는 부인이 내 앞에 나타났다.

후작 부인은 내 앞으로 다가와 손을 내밀며 온화한 미소를 띠었다. 무슨 영문인지 아버지는 문가에 서서 머리를 푹 숙이고 계셨고, 나는 심장이 터질 것만 같았다. 그리고 나도 모르게 부인에게 달려가 목을 안고 어머니에게 하듯 볼에 입을 맞추었다.

아름다운 부인은 기분이 좋은 듯 내 머리를 쓰다듬으며 웃었다. 그런데 아버지는 내 팔을 잡아끌더니 버릇없이 군다고 야단을 치며 앞으로 다시는 데려오지 않겠다고 나무라는 것이었다.

　　나는 내가 뭘 잘못했는지 몰라 어리둥절했고 아버지가 너무나 야속하여 얼굴이 빨개졌다. 나는 변호라도 부탁하듯 후작 부인을 애절하게 쳐다보았지만, 부인은 온화하면서도 엄숙한 표정만 짓고 있었다.

　　나는 혹시 내 편이 있을까 싶어 방에 모인 신사 숙녀 들을 둘러보았다. 그러나 모두들 미소만 지을 뿐이었다. 나는 눈물을 흘리며 밖으로 뛰쳐나와 계단을 내달렸다. 정원의 보리수를 지나 집으로 온 나는 곧장 어머니의 품에 달려들어 울음을 터뜨렸다.

　　"왜 그래? 무슨 일이야?"

　　어머니가 물었다.

　　"후작 부인을 만났는데 꼭 어머니처럼 자상하고 아름다운 분이었어요. 그래서 나도 모르게 어머니에게 하듯이 부인의 목을 안고 입을 맞추고 말았어요."

　　"저런, 그건 예의 바른 행동이 아니란다. 그분은 남이고 신분도 높으신 분이니까 말이야."

"남이 뭐예요? 나를 예쁘게 봐 주고 다정하게 대해 주
는 사람이라도 무조건 다 좋아하면 안 되는 거예요?"

"좋아하는 건 괜찮단다. 하지만 그 감정을 겉으로 드러
내는 건 옳지 않아."

"사람을 좋아하는 건 옳은 일이잖아요. 그런데 좋아하
는 마음을 겉으로 드러내는 게 왜 옳지 않아요?"

"네 말도 맞아. 하지만 아버지의 말을 따랐어야지. 좀
더 자라면 너도 알게 될 거야. 자상하고 아름다운 부인이
라고 무조건 다 목을 안고 입을 맞출 수는 없는 거란다."

무척이나 슬픈 날이었다. 아버지는 집으로 돌아와서도
버릇없이 굴었다고 내게 야단을 치셨다. 어머니가 나를
침대에 눕히고 기도까지 해 주셨지만 도무지 잠이 오지
않고 계속 같은 생각만 맴돌았다. 좋아하는 마음을 드러
내면 안 되는 그 '남'이라는 것은 무엇일까……

가엾은 마음이여!

너는 봄철에 벌써 꽃잎을 뜯기고 날개의 깃을 뽑히는구나. 인생의 새벽빛이 영혼의 꽃받침을 열면 마음속은 온통 사랑의 향기로 가득하다.

　우리는 일어서기, 걷기, 말하기, 읽기를 배우지만 사랑은 배울 필요가 없다. 사랑은 생명처럼 태어날 때부터 우리 안에 있다. 그래서 사랑을 존재의 가장 깊은 바탕이라 하지 않던가.

　우주의 천체들이 서로 끌어당기고 기울며 영원한 인력의 법칙에 따라 결합하는 것처럼 인간의 마음도 서로 끌어당기고 좋아하며 영원한 사랑의 법칙에 따라 결합한다.

　햇빛 없이 꽃은 필 수 없고 사랑 없이 사람은 살아갈 수 없다. 낯선 세상의 차가운 비바람이 어린아이의 마음에 불어닥쳤을 때, 신이 주신 것과도 같은 따스한 사랑의 빛이 부모의 눈에서 나오지 않는다면 그 어린 가슴은 어떻게 두려움을 감당해 내겠는가.

　이때 어린아이의 가슴에는 가장 순수하고 깊은 사랑이 깨어난다.

　그것은 온 세상을 품는 사랑이다. 다른 사람과 눈이 마주쳤을 때 빛이 나고 다른 사람의 목소리를 들었을 때 환호하는 사랑이다. 그것은 측량할 수 없는 사랑이다. 그 어떤 도구를 사용해도 깊이를 알 수 없는 깊은 우물이며 영원히 마르지 않는 샘이다.

이것을 아는 사람이라면 사랑에는 척도나 크고 작음이 없음을 알고 오직 온 마음과 영혼을 쏟아 모든 정성과 힘을 기울여 사랑해야 한다는 것을 안다.

아아, 그러나 인생의 절반도 살기 전에 그 사랑은 얼마나 작아지는가!

어린아이는 '남'이 존재한다는 것을 깨닫는 순간부터 이미 어린아이가 아니다. 사랑의 샘은 막히고 세월이 흐르면서 완전히 메말라 버린다. 눈동자는 빛을 잃고 우리는 시끄러운 세상 속에서 어둡고 지친 얼굴로 서로를 지나친다.

우리는 서로 인사조차 하지 않는다. 답례를 받지 못하는 인사가 얼마나 마음을 아프게 하는지, 인사를 나누고 손을 맞잡았던 사람과 이별하는 것이 얼마나 슬픈 일인지 알기 때문이다.

꽃잎은 찢겨 시들고, 마음의 날개는 깃을 뽑히고, 마르지 않던 사랑의 샘에는 갈증만 겨우 면할 수 있는 몇 방울만 남아 죽을 것 같은 우리의 혀를 축인다. 이 몇 방울의 물을 가지고도 우리는 사랑이라 부르고 있다.

하지만 그것은 어린아이처럼 순수하고 완전하게 밝은 사랑이 아니다. 그것은 불안하고 빈곤한 사랑이다. 작열하는 격정, 타오르는 정열, 그것은 뜨거운 사막 위에 뿌려진 빗방울처럼 스스로 소멸하는 사랑이다.

요구하는 사랑일 뿐 헌신하는 사랑이 아니다. 나의 것이 되겠느냐고 묻는 사랑일 뿐 너의 것이 되겠다고 말하는 사랑이 아니다. 이기적이고 의심하는 사랑일 뿐이다.

몇몇 시인들이 노래하는 사랑도, 청춘 남녀가 생각하는 사랑도 모두 이런 것들이다. 그것은 타오르다 꺼지고 마는 불길로 온기를 주기는커녕 연기와 재만 남긴다.

우리는 모두 한 번쯤 폭죽의 불꽃을 영원한 사랑의 태양이라고 믿은 적이 있다. 그러나 그 불꽃이 환할수록 뒤따라오는 어둠은 더욱 짙은 법이다. 그리하여 사방이 캄캄해졌을 때, 마음이 쓸쓸해질 때, 그리고 사람들이 우리 옆을 그냥 지나쳐 갈 때, 가끔씩 우리 가슴속에서 잊고 있었던 감정이 용솟음친다. 우리는 그것이 무엇인지 모른다. 그것은 사랑도 아니고 우정도 아니기 때문이다.

냉정하고 무심하게 우리를 지나치는 사람들에게 가서 "혹시 저 모르세요?"라고 묻고 싶어진다. 이럴 때는 사람과 사람 사이가 형제나 부모 자식 혹은 친구 사이보다 더 가깝게 느껴진다. 그리고 이방인이 우리의 가장 가까운 이웃이라는 옛날 격언이 가슴을 울린다. 그런데도 우리는 왜 다른 사람의 곁을 그냥 지나쳐 버리는 걸까?

모른다. 그저 모른다고 할 수밖에 없다.

열차 두 대가 서로 엇갈려 지나칠 때, 당신에게 인사를 건네려 하는 얼굴을 반대편 열차에서 보았다면 먼저 손을 내밀어 그의 손을 잡으려 해 보라. 그러면 사람들이 왜 아무 말 없이 지나치는지 알게 될 것이다.

어느 늙은 현자는 이렇게 말했다.

"나는 난파된 작은 배의 파편들이 바다 위에 떠 있는 것을 본 적이 있다. 몇몇 파편들은 서로 만나 한동안 붙어 있었다. 그러다 폭풍이 몰아치자 하나는 서쪽으로 하나는 동쪽으로 떠밀려 갔고 다시는 만나지 못했다. 인간의 운명도 이와 같다. 다만 거대한 난파를 본 사람이 없을 뿐이다."

Third Memory

What is thine is mine

Third Memory

세 번째 회상

 어린 시절에는 먹구름이 끼었다가도 금방 개는 법 이다. 미지근한 눈물비만 잠깐 뿌린 뒤 이내 사라지 고 마는 것이다.

나는 오래지 않아 다시 그 성에 들어가게 되었고 후작 부인은 내게 손을 내 밀어 키스를 허락했다. 후작 부인은 어린 공자와 공녀를 데려와 나와 같이 놀게 했다.

우리는 오랫동안 사귄 친구처럼 친하게 지냈다. 학교에 서 돌아와 성에 놀러 갈 수 있었던(당시 나는 이미 학교에 다니고 있었기 때문에 방과 후에만 성에 놀러 갈 수 있었다) 그 때가 참으로 행복했다.

그곳에는 갖고 싶은 모든 것이 다 있었다. 어머니가 가게 진열장을 가리키며 가난한 사람이 일주일을 꼬박 벌어야 겨우 살 수 있다던 장난감들이 성에 가면 다 있었다. 그리고 후작 부인에게 부탁만 하면 장난감들을 집으로 가져가 어머니에게 보여 줄 수도 있었고 어떨 땐 그냥 가져도 되었다. 또한 아버지가 착한 아이에게만 사 준다던 근사한 그림책도 그 성에서는 책장에서 마음대로 꺼내 몇 시간이고 읽을 수 있었다.

공자가 가지고 노는 물건들은 모두 내 것이기도 했다. 적어도 나는 그렇게 믿었는데, 마음대로 가져가는 것은 물론이고 다른 아이들에게 줄 수도 있었기 때문이다. 한마디로 말해, 나는 글자 그대로 어린 공산주의자였다.

한번은 이런 일도 있었다. 후작 부인이 뱀 모양의 황금 팔찌를 차고 있었는데 마치 살아 있는 뱀처럼 보였다. 후작 부인은 그 팔찌를 우리에게 가지고 놀라고 주었다.

나는 어머니를 놀래 줄 생각으로 그것을 팔에 감은 채 집으로 향했다. 가는 도중에 한 하녀를 만났는데 내 팔에 감긴 뱀을 보여 달라면서 이 황금 뱀 하나면 감옥에 있는 남편을 구해 낼 수 있다고 말했다. 나는 서슴지 않고 그 팔찌를 하녀에게 주고 집으로 달려갔다.

다음 날 큰 소동이 벌어졌다. 그 가엾은 하녀가 성에 끌려와서 울고 있었고 사람들은 하녀가 내게서 팔찌를 훔쳤을 거라고 말했다. 나는 화가 났지만 침착하고도 당당하게 나서서 그 팔찌는 내가 그녀에게 준 것이고 되돌려 받을 생각이 없다고 말했다.

이 사건이 어떻게 끝났는지는 모르겠다. 다만 그 일이 있은 뒤로는 집으로 물건을 가져갈 때, 먼저 후작 부인에게 꼭 허락을 받기로 약속했던 기억이 난다.

그러나 내 것과 남의 것에 대한 개념이 완전히 생기기까지는 오랜 시간이 걸렸다. 내가 꽤 오랫동안 빨강과 파랑을 혼동했던 것처럼 내 것과 남의 것을 구별하는 일은 내게 혼란을 주었고 급기야는 친구들에게 웃음거리가 되기도 했다.

한번은 어머니가 사과를 사 오라고 은화 1그로셴을 주었다. 사과는 5페니히밖에 하지 않았다. 1그로셴을 내자 아주머니는 곤란한 표정을 지으며, 하루 종일 한 개도 못 팔아 거스름돈이 없으니 1그로셴어치를 사 가라고 했다.

마침 주머니에 5페니히짜리 동전이 들어 있었고 그것을 아주머니에게 주면 지금의 문제를 해결할 수 있겠다는 기쁨에 동전을 내밀며 "자, 이걸 줄게요. 이제 거슬러 줄 수 있죠?"라고 말했다. 그러나 내 말뜻을 잘못 알아들은 아주머니는 은화를 되돌려 주고는 동전을 받아 넣었다.

거의 매일같이 성에서 공자들과 놀기도 하고 프랑스어도 배웠던 그 시절의 또 다른 기억이 떠오른다.

후작에게는 백작 지위를 가진 마리아라는 어린 딸이 있었다. 마리아의 어머니는 그녀를 낳자마자 세상을 떠났고 후작은 나중에 재혼을 했다.

마리아를 언제 처음 봤는지 기억나지 않는다. 그녀는 기억의 어둠 속에서 차츰차츰 걸어 나오고 있다. 처음에는 희미하게 어른거리다 점차 선명해지고 점점 내게 다가오더니 마침내 폭풍우 몰아치는 밤에 먹구름 베일을 홀연히 벗은 달님처럼 내 영혼 앞에 섰다. 그녀는 늘 병마에 시달렸고 말수도 적었으며 언제나 침대에 누워 있었다.

우리가 노는 방에 올 때도 침대에 누운 채였다. 하인 두 명이 침대를 옮겨 왔다가 피곤해하면 다시 옮겨 가곤 했다. 그녀는 새하얀 옷을 입고 있었고 두 손은 반듯하게 깍지를 끼고 있었다. 얼굴은 창백했지만 온화하고 아름다웠으며, 눈에는 가늠하기 힘든 깊은 신비가 서려 있어 나는 그녀를 바라보며 '저 소녀도 역시 남일까?' 하고 속으로 생각했다.

그럴 때면 그녀는 이따금 내 머리 위에 손을 올려놓았고, 그러면 뭔가가 온몸에 흐르는 기분이 들어 나는 말도 못 하고 꼼짝 않고 서서 그녀의 신비하도록 깊은 눈만 들여다보았다. 우리와 많은 얘기를 나누지는 않았지만 그녀의 눈은 우리의 행동 하나하나를 좇고 있었다.

우리가 시끄럽게 떠들며 이리저리 뛰어다녀도 그녀는 불평이나 짜증을 내지 않았고 그저 하얀 이마에 손을 올리고 잠든 듯 눈을 감고 있었다. 어떨 때는 몸이 퍽 좋아졌다면서 허리를 곧게 세우고 앉아 있기도 했다. 그럴 때면 그녀는 새벽빛처럼 환한 얼굴로 우리들에게 재미있는 이야기를 들려주곤 했다.

그 당시 그녀가 몇 살이었는지는 모른다. 아무것도 못 하고 그냥 누워만 있었기 때문에 어린애처럼 보였지만 근엄하고 조용한 태도로 미뤄 보면 이미 어린애는 아닌 듯했다.

사람들은 그녀에 대해 말할 때면 목소리가 저절로 조

용해지고 부드러워졌다. 모두들 그녀를 천사라고 불렀다. 착하다느니 귀엽다느니 그녀에 대한 얘기는 온통 칭찬뿐이었다.

맥없이 그저 누워만 있는 그녀를 보며 평생 제대로 걸어 보지도 못하고 아무 일도 못 하고 기쁨도 없이 그냥 침대에 누워 이리저리 옮겨지다가 결국에는 관에 누워 무덤까지 옮겨지겠구나, 하는 생각을 했다. 그럴 때면 저런 사람이 무엇 때문에 이 세상에 태어났을까, 하고 속으로 묻곤 했다.

포근한 천사의 품에 그냥 안겨 있었더라면 좋았을 텐데, 그러면 여러 성화에서 본 것처럼 천사들의 날개를 타고 하늘을 마음껏 날아다녔을 텐데, 하는 생각도 들었다. 그럴 때면 그녀 혼자 아프게 두지 말고 우리가 함께 아파해야 할 것 같았고 그러기 위해 그녀의 고통을 일부라도 나눠 가져야 할 것 같았다.

하지만 이런 나의 감정을 그녀에게 모두 표현할 수는 없었다. 그게 어떤 감정인지 나조차도 확실히 알지 못했기 때문이다. 나는 단지 뭔가를 느끼고 있을 뿐이었다. 그녀에게 달려가 목에 매달리고 싶은 그런 감정은 아니었다. 그런 행동은 기운 없는 그녀를 더 힘들게 할 터이므로 어느 누구도 그렇게 해서는 안 되었다. 하지만 그녀가 고통에서 벗어나기를 진심으로 기도할 수는 있을 것 같았다.

어느 따뜻한 봄날, 우리가 노는 방으로 그녀가 옮겨져 왔다. 얼굴은 아주 창백했지만 눈만큼은 여느 때보다 더 깊고 빛났다. 그녀는 허리를 꼿꼿이 세우고 앉아 우리를 불렀다.

"오늘은 내 생일이야. 그리고 오늘 아침에 견진 성사도 받았단다. 그래서 이젠 하느님이 부르시면 언제든 기꺼이 갈 수 있게 되었어."

그녀는 자기 아버지에게 잠깐 미소를 지어 보이고 말을 이었다.

"물론 너희들과 더 오래오래 함께 지내고 싶지만 말이야. 하지만 언젠가는 너희들과 헤어지게 되겠지. 그렇더라도 나를 까맣게 잊지는 말아 줘. 그래서 너희들 모두에게 반지 하나씩을 선물로 주려고 해. 우선은 둘째 손가락에 끼고 있다가 크면 점차 옆으로 옮겨 나중에는 새끼손가락에 껴 줘. 평생 그렇게 끼고 있어야 해. 그래 줄 수 있지?"

그렇게 말한 뒤 다섯 손가락에 끼고 있던 반지를 하나씩 뺐다. 반지를 빼는 그녀의 얼굴은 몹시 슬퍼 보였지만 한편으로는 매우 상냥해 보였기 때문에 나는 눈물을 참기 위해 눈을 껌뻑거렸다.

그녀는 첫 번째 반지를 제일 큰동생에게 주며 입을 맞추었고, 두 번째와 세 번째 반지는 두 여동생에게, 네 번째는 막내에게 주며 일일이 키스해 주었다. 나는 꼼짝 않고 곁에 서서 그녀의 흰 손만 뚫어지게 보고 있었다.

그녀의 손가락에는 아직 반지 하나가 더 남아 있었다. 그러나 그녀는 피곤한 듯 몸을 뒤로 기댔다. 그때 내 눈과 그녀의 눈이 마주쳤다. 어린아이의 눈은 입보다 훨씬 솔직하기 마련이라 그녀는 내 마음을 다 알아차렸을 것이다.

남은 반지를 받고 싶은 마음은 없었다. 다만 나를 남으로 여겨 동생들보다 덜 사랑한다는 생각이 들었고 까닭 모를 서운함에 가슴이 먹먹했다. 혈관이 터지고 신경이 끊어져 나가는 듯했다. 이 아픔을 감추기 위해 그녀의 시선을 피했지만 어디에 눈을 두어야 할지 몰랐다.

그녀는 몸을 일으켜 손을 내 이마에 올리더니 나의 눈

을 가만히 들여다보았다. 너무나 깊이 들여다보았기 때문에 나는 내 마음이 송두리째 발각되는 기분이었다. 그녀는 천천히 마지막 반지를 뺐다.

"이 반지는 너희들과 헤어질 때 내가 가지고 가려던 거야. 하지만 네가 지니고 있으면서 세상에 없는 나를 생각해 주는 편이 더 좋겠어. 반지에 새겨진 글을 봐.

'주님의 뜻대로.'

너의 마음에는 격함과 유순함이 들어 있어. 살면서 격한 마음은 누그러뜨리되 유순한 마음을 완강하게 하진 마."

마리아는 이렇게 얘기하고는 동생들에게 했던 것처럼 내게도 반지를 주면서 키스해 주었다.

그때 내 심정이 어땠는지 정확히 기억나지 않는다. 당시에 나는 이미 어린아이가 아닌 소년이었고 그렇기 때문에 병든 천사의 온화한 아름다움에 매료되지 않을 수 없었다.

나는 소년이 할 수 있는 최대한의 사랑을 그녀에게 바쳤다. 소년의 사랑에는 청년이나 장년에게서 찾아보기 힘든 진심과 진실 그리고 순수함이 있다.

그러나 나는 그녀가 남이고 내가 사랑을 표현해선 안

되는 사람이라고 믿었다. 나는 그녀의 엄숙한 말을 제대로 이해하지 못했다. 하지만 그녀의 마음과 나의 마음이 세상에서 가장 가깝게 닿은 기분이었다. 그리고 가슴을 누르던 모든 아픔 또한 말끔히 사라졌다.

나는 외롭지 않았고 남이나 이방인이 아니라 그녀의 곁에, 그녀와 함께, 그녀 안에 있음을 느꼈다. 그녀가 내게 반지를 주는 것은 그녀 입장에서 희생이었을 것이다. 사실은 반지를 무덤까지 가져가고 싶을 거란 생각이 들었다. 그러자 내 가슴속에서 어떤 감정이 솟아올라 다른 모든 감정을 압도해 버렸다.

"이 반지는 날 주지 말고 그냥 그대로 가지고 있어. 네 것은 모두 내 것이니까."

나는 더듬거리며 말했다. 그녀는 놀란 표정으로 나를 보았고 한참을 곰곰이 생각하더니 반지를 받아 다시 손가락에 끼고는 내 이마에 입을 맞추며 속삭이듯 말했다.

"네가 지금 한 말이 무슨 뜻인지 잘 모르고 있구나. 네 자신을 이해하는 법을 배우렴. 그러면 너도 행복해지고 많은 사람을 행복하게 할 수 있을 거야."

Fourth Memory

We are old friends

Fourth Memory

네 번째 회상

 누구의 인생이든 어느 한 시기에는 어딘지 모르는 먼지 날리는 한적한 포플러 길을 걷고 또 걷는 때가 있기 마련이며, 그 시기를 회상하면 남는 것이라고는 그저 계속 걸어왔고 나이가 들었다는 서글픈 생각뿐인 그런 시기가 있다.

인생의 강이 흐르는 한 그것은 늘 같은 강이고 변하는 것은 오직 강변의 경치뿐인 것 같다. 그러나 이내 인생의 폭포가 닥친다. 그것은 늘 기억에 남아 있어, 우리가 폭포를 지나 멀리 고요한 대양에 다다랐을 때에도 폭포수의 굉음이 귓전을 울리는 듯하다. 뿐만 아니라 우리에게 아직 남아 있고 우리를 계속 전진시키는 생명의 힘이 그 폭

포에서 원기와 양분을 얻는 것처럼 느껴진다.

학창 시절은 이미 끝났고 대학 초년생의 들뜬 시기도 지나갔다. 그리고 아름다운 인생의 수많은 꿈도 함께 지나갔다. 그러나 신과 인간에 대한 믿음만은 남았다.

인생은 나의 작은 머리로 상상했던 것과는 사뭇 달랐다. 하지만 인생에서 나는 귀중한 영감을 얻었다. 인생에서 겪는 이해할 수 없는 일과 비통한 일은 내게 신의 존재를 증명해 준다.

'아무리 작은 일일지라도 내게 일어나는 모든 일은 신의 뜻이다.'

이것이 내가 지금까지 살면서 얻은 인생의 교훈이다.

나는 여름 방학이면 고향 마을로 돌아왔다.

재회란 얼마나 기쁜 일인가!

아무도 증명한 적은 없지만 재회, 재발견, 회상은 거의 모든 기쁨과 만족의 비결이다. 처음 보거나 듣거나 맛보는 일은 아름답고 위대하고 즐거울 수 있다. 하지만 그것은 너무 새로워 우리를 놀라게 할 뿐 편안함이 없고 만족하는 데 드는 노력이 만족 자체보다 더 크다.

그러나 예전에 들었던, 멜로디조차 잘 기억나지 않는

음악을 오랜만에 들을 때 잊었던 옛 친구를 다시 만난 느낌이 든다거나, 오랜만에 드레스덴의 성모상 앞에 섰을 때 아기 예수의 무한한 시선에서 예전의 감흥을 다시 느낀다거나, 학창 시절 이후로는 신경도 쓰지 않던 꽃향기를 맡고 그때의 음식을 다시 맛볼 때, 우리는 진심으로 즐거워한다. 그래서 지금의 삶이 즐거운 것인지 낡은 회상이 즐거운 것인지 구별하기 어렵다.

오랜만에 고향에 오는 사람의 영혼은 자기도 모르는 사이에 회상의 바다를 헤엄치게 되고, 밀려오는 파도는 꿈꾸는 자를 머나먼 과거의 해안으로 띄워 보낸다.

탑에서 종소리가 들리면 문득 학교에 지각이라도 한 것처럼 초조해졌다가, 다음 순간 학교에 갈 필요가 없음을 깨닫고는 안도의 한숨을 내쉬며 기뻐하게 된다.

개 한 마리가 길을 건너 달려갔다. 옛날에 사람들이 무서워하며 피하던 바로 그 개였다. 예전부터 이곳에서 장사를 하던 아주머니가 옛날 그 자리에 앉아 있었다. 아주머니가 파는 사과는 우리들의 마음을 꽤나 유혹했었다. 그렇기 때문에 먼지가 뽀얗게 앉은 지금의 사과도 세상어느 사과보다 맛있어 보인다.

저쪽에 있던 낡은 집이 헐리고 새 집이 섰다. 그 집은 늙은 음악 선생님이 살던 집이었다. 음악 선생님은 이미 저세상 사람이 되었다. 그러나 여름날 저녁, 그 집 창 밑에 서서 우리의 성실한 음악 선생님이 하루 일과를 마치고 자기만을 위해 연주하는 즉흥곡을 남몰래 엿듣는 일은 얼마나 즐거웠던가. 그 음악은 마치 하루 종일 닫혀 있던 증기 기관이 이제는 쓸모없어진 증기를 시원하게 토해 내는 것 같았다.

그리고 좁다란(옛날에는 꽤 웅장해 보였지만) 나무 터널에 이르렀다. 어느 날 저녁 늦게 집으로 돌아오는 길에 나는 이곳에서 어여쁜 이웃 소녀를 만났다.

당시에 나는 그 소녀를 만난다거나 말을 건네는 건 감히 상상도 못 하고 있었다. 하지만 우리 남학생들은 학교에서 그 애에 대해 자주 얘기했고 우리끼리는 그 애를 '아름다운 소녀'라고 불렀다.

그 애가 저만큼에서 오는 걸 보기만 해도 내 가슴이 부풀어 올랐으니 하물며 옆으로 가까이 가는 건 생각조차 할 수 없었다.

그러던 어느 날 늦은 저녁에 묘지로 이어지는 좁다란

나무 터널에서 그 소녀를 마주친 것이다. 한 번도 말을 나눈 적이 없는 사이인데도 소녀는 내 팔을 잡으며 같이 가자고 하는 것이었다.

나는 함께 걷는 내내 한마디도 하지 못했던 것으로 기억한다. 소녀도 아무 말이 없었던 것 같다. 그런데도 나는 참으로 행복했고, 오랜 세월이 지난 지금도 그 순간을 생각하면 다시 한 번 그때로 돌아가 '아름다운 소녀'와 손을 잡고 행복한 마음으로 말없이 걸었으면 하는 생각이 든다.

이처럼 회상은 꼬리에 꼬리를 물고 이어져 급기야는 회상의 파도에 머리까지 잠기고 가슴은 긴 한숨을 토해 내이제까지 생각에 잠겨 숨 쉬는 것조차 잊었음을 깨닫게된다. 그리고 회상의 세계는 새벽닭 울음소리에 놀라 물러나는 어둠처럼 홀연히 자취를 감추고 만다.

나는 오래된 성과 보리수를 지나며 말 탄 보초병과 높은 계단을 건너다보았다. 내 마음속에 여러 회상들이 떠올랐다.

참 많은 것들이 변했구나!

성을 드나들지 않은 지 벌써 여러 해였다. 후작 부인은 이미 세상을 떠났고, 후작은 나와 함께 놀던 맏아들에게 통치권을 물려주고 이탈리아로 갔다. 새 영주의 주변에는 주로 젊은 귀족이나 장교 들이 있었고 영주 역시 이들과의 교제를 즐겼으므로 나 같은 옛 친구들과는 자연스럽게 멀어졌다. 이런 이유 말고도 우리 둘 사이를 방해하는 것이 있었다.

독일 국민의 궁핍과 독일 정부의 부정에 눈을 뜨게 된 여느 젊은이들과 마찬가지로 나 역시 자유당의 구호에 익숙해졌고, 왕정에 대한 이런 비판들은 공경받아 마땅한 존귀한 집안에서는 천박한 언행으로 통했던 것이다.

아무튼 나는 오랫동안 성의 높은 계단을 오르지 않았다. 그러나 그 성안에는 내가 거의 날마다 이름을 불러 보고 그리워했던 마음 깊이 남아 있는 한 사람이 살고 있었다. 나는 이미 오래전부터 이 세상에서 그녀를 다시 만날 수는 없을 거라 생각하고 있었다. 게다가 내 마음속에서 그녀는 현실적인 존재가 아니며 현실적인 존재일 수 없을 만큼 크게 자라났다.

그녀는 나의 수호천사였고 언제나 나와 이야기를 나누고 의논 상대가 되어 주는 또 다른 자아였다. 그녀가 어떻

게 내게 그런 존재가 되었는지 설명할 수는 없다. 왜냐하
면 나는 그녀에 대해 아는 것이 거의 없기 때문이다. 하
늘에 떠 있는 구름을 여러 가지 모양으로 상상하는 것처
럼 나의 공상이 소년기 하늘에 희미한 환상을 불러일으
켜 현실에서 본 희미한 밑그림에 뚜렷한 초상화를 그렸
을 터이다.

내가 무엇을 생각하든 나도 모르는 사이에 그녀와의 대
화 형식으로 바뀌었다. 내가 좋아하는 것, 내가 추구하는
목표, 내가 믿는 것, 보다 나은 자아 등 모든 것이 그녀의
것이었고 내가 그녀에게 바친 것이며 그녀가 내게 말한
것이었다. 또한 수호천사의 입에서 나온 것이었다.

고향으로 내려온 지 얼마 되지 않은 어느 날 아침, 나는
편지 한 통을 받았다. 후작의 딸 마리아한테서 온 영문 편
지였다.

친애하는 친구에게.
당신이 잠시나마 우리와 함께 지낼 수 있게 되었다는 소식
을 들었습니다.
우리가 못 만난 지도 여러 해가 되었군요. 괜찮으시다면 옛

55

친구인 당신을 만나 보고 싶습니다. 오늘 오후 '스위스 별채'에서 혼자 기다리고 있겠습니다.

그럼 안녕히.

마리아.

나는 즉시 영문으로 답장을 썼다. 오후에 찾아뵙겠노라고.

'스위스 별채'는 성 가장자리에 놓인 건물로 정원과 바로 연결되어 앞마당을 통하지 않고도 들어갈 수 있었다.

다섯 시경 나는 정원을 지나 스위스 별채로 가면서 모든 감정을 억누르려 애썼고 신분에 맞게 예의를 갖추기로 마음을 다잡았다.

우선 내 안의 수호천사를 진정시키며 내가 만나러 가는 그녀와 수호천사가 아무런 상관이 없음을 명심하려 애썼다. 그러나 여간해서 마음은 진정되지 않았고 수호천사조차 내게 용기를 북돋아 주지 않았다.

인생은 어차피 가면무도회라고 중얼거리며 나는 용기를 내어 반쯤 열린 문을 두드렸다.

방에는 아무도 없었다. 잠시 후 한 낯선 부인이 와서 백작 아가씨가 곧 도착할 거라고 영어로 전해 주었다. 낯선 부인이 그 말만 전하고 금세 자리를 비운 덕에 나는 혼자서 마음 놓고 주위를 둘러볼 수 있었다.

떡갈나무 목재로 된 바깥벽에 격자 울타리가 빙 둘러 있고 그 위로 담쟁이가 타고 올라 넓은 잎으로 방을 온통 뒤덮었다. 떡갈나무로 만들어진 의자와 탁자에도 아름다운 무늬가 새겨져 있었다. 바닥도 나무 마루였다. 방 안에 눈에 익은 물건들이 많아 기분이 좀 묘했다.

대부분 어렸을 때 가지고 놀던 장난감들이었고 그 외에 새로운 물건들, 구체적으로 말해 초상화들도 대학 기숙사에 걸려 있는 그림과 같은 것이었다.

피아노 위에 걸린 베토벤, 헨델, 멘델스존의 초상화는 내가 직접 골라 내 방에 걸어 둔 것과 똑같았다. 고대의 입상 중 내가 가장 아름답다고 생각하는 바로 그 〈밀로의 비너스〉가 구석에 세워져 있었다.

책상에는 단테 전집, 셰익스피어 전집, 타울러의 설교집 《독일 신학》, 리케르트의 시집, 테니슨과 번스의 시집, 그리고 칼라일의 《과거와 현재》 등 전부 내 서재에 있는 것과 동일한 책들로 얼마 전에도 내가 손에 들었던 작품들이었다.

나는 깊은 상념에 빠져들다 이내 생각을 털어 내고 돌아가신 후작 부인의 초상화 앞에 섰다. 그때 문이 열리더니 어릴 때부터 자주 보았던 두 남자가 침대에 누운 마리아를 방으로 옮겼다. 아, 그 모습이란!

그녀는 아무 말도 없었고 그녀의 얼굴은 호수같이 잔잔했다. 두 남자가 방에서 나가자 그녀는 내 쪽으로 시선을 돌렸다. 옛날과 조금도 다름없는 신비로운 눈이었다. 그녀의 얼굴에 서서히 생기가 돌았고 이윽고 얼굴 가득 웃음을 띠며 입을 열었다.

"우리는 옛 친구잖아요. 내 생각에 우리는 하나도 변하지 않은 것 같으니 거리를 두는 예의를 차리고 싶진 않아요. 그렇다고 함부로 반말을 하기도 곤란하니 영어로 말하면 어떨까요? Do you understand me?"

이렇게까지 반갑게 맞아 주리라고는 꿈에도 생각지 못했다. 게다가 가면무도회도 아니었다. 한 영혼을 갈망하는 또 하나의 영혼이 있었다. 변장을 하고 검은 가면을 썼어도 눈빛만으로 서로를 이해할 수 있는 두 친구의 인사가 있었다. 나에게 내민 그녀의 손을 잡으며 나는 말했다.

"천사와 얘기할 때는 친근하게 대할 수밖에 없답니다."

하지만 인생에서 형식과 습관의 힘은 얼마나 강한가.

아무리 친한 사람이라도 자연스럽게 언어를 구사하기가 얼마나 어렵던가. 대화가 끊어지고 우리는 서로 서먹해졌다. 나는 침묵을 깨고 문득 떠오른 생각을 말했다.

"사람이란 어릴 때부터 새장 속에서 살도록 길들여졌나 봅니다. 그래서 자유로운 몸이 되어도 날개를 감히 펴지 못하고 조금만 높게 날아올라도 어딘가에 부딪칠까 봐 겁을 내는 것 같아요."

"맞아요."

그녀가 말을 이었다.

"하지만 그럴 수 있다고 봐요. 또 그럴 수밖에 없고요. 때때로 사람들은 숲 속을 날아다니는 새처럼 살고 싶어 하죠. 나뭇가지 위에서 만나 서로 소개하지 않고도 함께 노래하는 관계가 되고 싶어 하죠.

하지만 새 중에는 부엉이나 참새 따위도 있기 마련이고, 그런 새들은 서로 모르는 체하고 그냥 지나치는 편이나아요. 정말로 인생은 시와 같을지도 모르겠어요.

진정한 시인이 진리와 아름다움을 완벽한 음률로 노래

할 수 있듯이 인간은 온갖 사회적 속박에 굴하지 않고 사고와 감정의 자유를 간직해야 한다고 생각해요."

그때 문득 플라톤이 한 말이 떠올랐다.

언제 어디서나
영원한 것,
그것은 묶여 있는 낱말 안에 깃든
자유로운 정신이다.

"정말 그런 것 같아요."

온화하면서도 장난기가 섞인 미소로 그녀가 말했다.

"그래도 내게는 특권이 하나 있어요. 그것은 나의 병과 고독이에요. 종종 젊은 남녀들이 가엾을 때가 있어요.

그들이나 그들의 친척들은 사랑이나 사랑이라고 부르는 것을 생각하지 않고는 가까운 사이가 될 수 없다고 생각하니 말이에요. 그래서 그들은 손해를 보고 있는 거예요. 젊은 여자들은 자기 영혼 속에 무엇이 잠들어 있고, 훌륭한 남자 친구로부터 듣는 충고로 무엇을 깨달을 수 있는지 전혀 모르고 있죠.

또한 젊은 남자들에게 그들의 마음속 갈등을 멀리서 지켜 주는 여자 친구가 있다면 그들은 여러 가지 기사의 도를 다시 얻게 될 거예요. 하지만 그런 일은 별로 없는 것 같아요.

사랑이나 사랑이라고 불리는 감정이 끼어들게 되니까요. 두근거리는 가슴, 희망의 물결, 아름다운 얼굴을 보는 희열, 달콤한 감상, 때로는 이해타산까지, 다시 말해 순수한 마음의 고요한 대양을 어지럽히는 것이 나타나는 거예요."

그녀는 갑자기 말을 멈췄다. 그녀의 얼굴에 고통이 어렸다.

"오늘은 그만 말해야겠어요. 주치의가 말을 너무 많이 하지 말라고 했거든요. 멘델스존의 이중주가 듣고 싶어요. 옛날부터 당신이 즐겨 연주했던 곡이죠?"

나는 아무 말도 할 수가 없었다. 그녀가 이야기를 마치고 옛날처럼 두 손을 가지런히 포개어 놓았을 때, 그녀의 새끼손가락에서 반지를 보았기 때문이다. 그것은 그녀가 내게 주었고 내가 다시 그녀에게 주었던 반지였다. 떠오르는 생각들이 너무 많아 말로 표현할 수가 없었던 것이다.

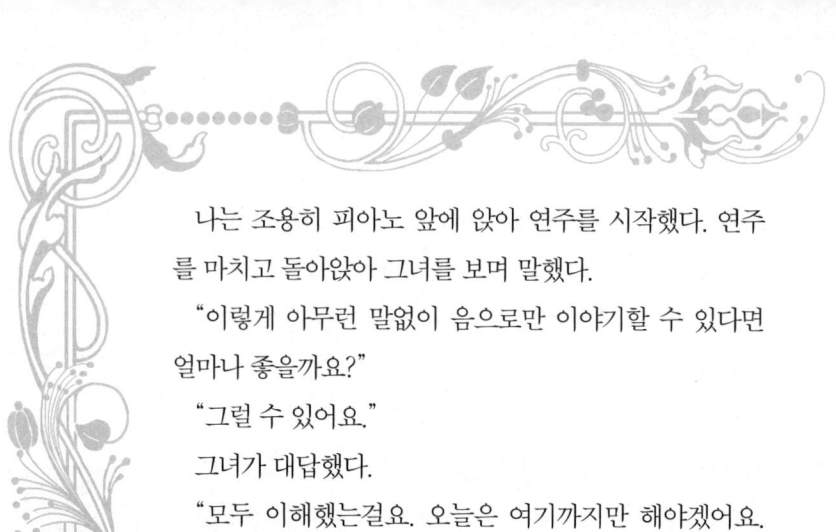

　나는 조용히 피아노 앞에 앉아 연주를 시작했다. 연주를 마치고 돌아앉아 그녀를 보며 말했다.

　"이렇게 아무런 말없이 음으로만 이야기할 수 있다면 얼마나 좋을까요?"

　"그럴 수 있어요."

　그녀가 대답했다.

　"모두 이해했는걸요. 오늘은 여기까지만 해야겠어요. 기운이 점점 빠지는 것 같아요. 우리는 서로에게 좀 더 익숙해져야 해요. 그리고 가련한 병자는 늘 관대함을 기대하죠. 내일 저녁 이 시간에 다시 만날 수 있는 거죠?"

　나는 그녀의 손에 입을 맞추려 했다.

　그러나 그녀는 내 손을 힘주어 꼭 잡고 말했다.

　"이것으로 됐어요. Good bye!"

Fifth Memory

I took the book and read

Fifth Memory

다섯 번째 회상

무슨 생각을 하며 어떤 기분으로 집까지 왔는지 말로 설명하긴 어려울 것 같다. 사람의 마음을 그대로 말로 옮길 수는 없는 일이다. 한없는 기쁨 혹은 슬픔의 순간에 홀로 연주하는 '말 없는 생각'이라는 곡이 누구에게나 있는 법이다.

그날의 내 감정은 기쁨도 아니고 슬픔도 아니었다. 그것은 말로 표현할 수 없는 경이로움이었다. 하늘에서 땅으로 내려오려 하지만 그 목적을 이루기 전에 전부 타 버리는 별똥별처럼 온갖 생각들이 내 마음속을 날아다녔다.

꿈을 꾸면서 "이건 꿈이야."라고 자신에게 말할 때처럼 나는 나에게 "이건 꿈이 아니야. 그녀도."라고 말했다. 그

리고 나는 이성을 되찾고 마음을 가라앉히려 애쓰며 "그
녀는 사랑받아 마땅한 사람이고 정말로 보기 드물게 선
한 사람이야."라고 말했다.

　그녀를 안쓰러워하면서 동시에 이번 방학 동안 그녀와
함께할 행복한 오후를 상상해 보았다. 아니, 아니, 나의
기분은 결코 그런 것이 아니었다. 그녀는 내가 찾고 생각
하고 바라고 믿었던 전부였다. 마침내 이곳에서 봄날 아
침처럼 맑고 신선한 영혼을 만난 것이다.

　나는 첫눈에 그녀를 알아보았고 그녀의 마음을 알 수
있었다. 우리는 인사를 나누었고 서로를 알아보았다. 내
마음의 수호천사는 어디로 가 버렸는지 불러도 대답이
없었다. 이제 수호천사를 만날 수 있는 곳은 오직 한 곳뿐
이었다.

　행복한 나날이 시작되었다. 매일 저녁 그녀를 방문했
고, 우리가 진실한 옛 친구임을 금세 깨닫고는 격식 없이
편하게 대화를 나눌 수 있었다.

　그녀가 감동한 모든 것들이 이미 나의 영혼을 울렸었고
내가 하는 모든 말에 그녀도 동감하며 고개를 끄덕였기
때문에 우리는 지금까지 서로 떨어진 적 없이 늘 함께 지

냈던 것처럼 느꼈다.

예전에 나는 당대의 유명한 음악가가 자기 누이와 함께 연주하는 피아노 즉흥곡을 들은 적이 있는데, 두 사람이 자유롭게 악상을 표현하면서 서로를 이해하고, 한 음 아니 반음도 하모니를 깨지 않고 한마음으로 연주하는 것이 어떻게 가능한지 신기하기만 했었다. 그런데 이제 알 것 같았다.

늘 생각했던 것처럼 내 영혼이 공허하고 약하지만은 않음을 비로소 깨닫게 되었고, 태양만 나타나면 곧 싹이 트고 꽃이 필 것 같았다. 그러나 그녀와 내 영혼의 봄은 얼마나 슬펐던가!

우리는 5월의 장미가 그렇게 빨리 시들어 버릴 줄은 꿈에도 몰랐다. 하지만 꽃잎이 시들어 땅에 떨어질 거라는 경고는 매일 저녁 받았었다. 그녀가 나보다 먼저 그 경고를 받았을 테지만 그녀는 별로 개의치 않는 듯했다. 그렇지만 우리의 대화는 날이 갈수록 진지하고 무거워졌다.

"내가 이렇게 오래 살 줄은 몰랐어."

어느 날 저녁, 집으로 돌아가려는 내게 그녀가 말했다.

"견진 성사를 받고 너희들에게 반지를 주던 날, 나는 이

내 이별이 찾아올 줄 알았거든. 그런데 이렇게 여태 살아서 아름다운 것들을 즐기고 있으니……. 물론 괴로울 때도 많았지만, 그런 건 빨리 잊는 게 현명할 테지. 작별의 시간이 얼마 남지 않았다고 생각하면 정말이지 일분일초가 아까워. 내일 늦지 마! 그럼 안녕."

어느 날, 그녀의 방에 들어섰을 때 그녀는 한 이탈리아 화가와 앉아 있었다. 그녀는 이탈리아어로 얘기하고 있었고 남자는 화가라기보다는 화공에 가까워 보였다. 그럼에도 불구하고 겸손과 존경을 담아 상냥하게 대하는 그녀에게서 타고난 귀품과 고결한 심성을 엿볼 수 있었다. 화가가 돌아가자 그녀가 내게 말했다.

"보여 줄 그림이 있어. 분명 마음에 들 거야. 진품은 파리 박물관에 있는데, 그 그림에 관한 글을 읽은 후 너무 갖고 싶어서 아까 그 화가에게 모사품을 부탁했었거든."

그녀는 그림을 내게 건네고 나의 반응을 기다렸다. 그것은 독일 전통 의상을 입은 중년 남자의 초상화였다. 꿈꾸는 것 같으면서도 뭔가에 몰두한 듯한 표정은 그가 실제로 이 세상에 한때 살았던 사람임을 확신하게 했다.

전경은 어두운 갈색 톤이지만 배경은 자연 풍경으로 지

평선 멀리 동이 트고 있었다. 특별히 눈에 띄는 것은 없었지만 그림을 보고 있으면 왠지 내 마음이 흐뭇해져 몇 시간을 바라보아도 싫증이 나지 않을 것 같았다.

"이렇게 사실적인 초상화는 처음 봐. 라파엘로라고 해도 이렇게 훌륭하게 그릴 순 없을 거야."

내가 말했다.

"그렇고 말고."

그녀가 맞장구쳤다.

"내가 왜 이 그림을 갖고 싶었는지 알아? 이 그림을 누가 그렸는지 또 초상화의 주인은 누구인지 전혀 알려지지 않았대. 그저 중세 철학자 중 한 명일 거라는 추측만 있을 뿐이래. 그 기사를 읽는 순간 내 진열장에 꼭 맞는 그림이라는 생각이 들었어.

알다시피 《독일 신학》의 저자 역시 알려지지 않았고 그의 초상화도 없잖아. 그래서 누군지 모르는 이 초상화의 주인이 '《독일 신학》의 저자'로 적합하지 않을까 싶었지. 괜찮다면 이 그림을 '알비파'와 '보름스 회의' 사이에 걸고 '《독일 신학》의 저자'라고 제목을 달까 해."

"좋은 생각이야. 그런데 프랑크푸르트 사람치고는 너

무 건장하고 남자다운 것 같지 않아?"

"그런 것 같긴 해. 아무튼 나처럼 병들어 죽어 가는 사람은 그의 책에서 많은 위안과 힘을 얻는 것도 사실이야. 이 책이 얼마나 고마운지 몰라. 처음으로 기독교의 교리를 쉽게 가르쳐 주었거든.

이 책을 쓴 옛날 학자가 누구였건, 그의 가르침을 믿고 안 믿고는 전적으로 나의 자유처럼 느껴졌어. 그의 가르침에는 강압적인 면이 전혀 없었거든. 그러면서도 그의 가르침은 놀라운 힘으로 나의 마음을 사로잡았고 나는 비로소 계시라는 것을 깨달은 것 같아.

많은 사람들이 기독교의 참된 교리를 받아들이지 못하는 까닭은, 우리의 마음속에 계시가 나타나기도 전에 기독교가 먼저 계시를 가지고 다가오기 때문인 것 같아. 그 때문에 나도 꽤 불안했어. 종교의 진실성과 신성함이 의심스러워 불안했던 게 아니라, 다른 사람이 전해 준 신앙을 내 것이라고 하는 게 옳지 않은 것 같았기 때문이야.

아무런 깨달음 없이 그저 어릴 때부터 배워서 아는 건 사실 내 것이 아니라는 생각이 들었거든. 다른 사람이 나를 대신해서 살거나 죽을 수 없는 것처럼 어느 누구도 나를 대신해서 믿어 줄 수는 없는 거잖아."

"물론이야. 대신 믿어 줄 수는 없지. 그리스도의 가르침이 사도들과 초기 신자들의 마음을 사로잡은 것처럼 우리의 마음을 서서히 그러면서도 거역할 수 없는 힘으로 사로잡아야 하는데, 요즘은 절대적이고 강력한 교회 율법으로 아주 어릴 때부터 소위 신앙이라는 것에 복종하라고 강요하기 때문에 여러 격렬한 갈등과 심각한 싸움들이 벌어지는 것 같아. 생각할 줄 알고 진리를 존경하며 신념이 굳은 사람이라면 이내 의혹이 생기기 마련이니까.

말하자면 신앙을 향한 올바른 길에 있는데도 마음속에 의혹과 불안이라는 악마가 나타나 평화로운 삶을 훼방하는 거지."

그녀가 내 말을 끊으며 끼어들었다.

"최근에 영어 책자에서 읽었는데, 진리가 계시로 나타나는 것이지 계시가 진리를 만드는 게 아니라고 했어.

《독일 신학》을 읽을 때 내가 받은 느낌이 바로 그거였거든. 《독일 신학》을 읽으면서 나는 진리의 힘에 압도되어 진리를 받아들이지 않고는 견딜 수가 없었지.

진리가 나를 눈뜨게 했고, 아니, 내가 스스로 진리에 눈을 떴고 처음으로 신앙이라는 것이 무엇인지 깨닫게 되었어. 진리는 이미 내 것이었던 거야. 다만 오랫동안 내 안에 잠들어 있었던 거지.

그런데 이름 모를 옛날 학자의 가르침이 빛처럼 내 안에 스며들면서 마음을 가로막았던 어둠을 밝게 비춰 눈을 뜨게 해 주었어. 어떻게 하면 믿음을 가질 수 있나 생각하던 끝에 복음서를 읽기로 했어. 그것 역시 이름 모를 어떤 학자들이 썼다고 생각하면서 읽기로 했지.

사도들이 성령의 힘으로 영감을 얻어 썼고 종교 회의 비준을 받아 신앙의 최고 권위를 누리는 복음서라는 식의 사고 방식을 머릿속에서 지우려고 노력하면서 말이야. 그랬더니 비로소 기독교 신앙이란 무엇이고 기독교의 계시가 무엇인지 깨달을 수 있었지."

"신학자들이 우리에게서 종교를 송두리째 빼앗아 가지 않은 것이 오히려 신기해. 신자들이 그쯤하고 그만 좀 하라고 진지하게 대항하지 않으면 신학자들은 아마 종교를 송두리째 빼앗아 버릴 거야.

어떤 종교든 봉사할 사제가 필요하겠지만, 어느 종교를 막론하고 목사, 브라만, 무당, 불승, 라마승, 바리새파의 율법 학자 같은 자들에 의해 해를 입거나 파괴되지 않은 종교는 없을 거야. 그들은 일반 신자들이 알아듣지 못할 말로 분쟁을 하지.

스스로 복음서에서 영감을 얻어 그 영감으로 다른 사람들을 감화시키지는 않고, 복음서는 영감을 얻은 사람들이 작성한 것이니 진리 그 자체라며 그것을 증명하기에만 급급해. 하지만 그런 증명은 그들의 불신을 감추려는 궁여지책에 지나지 않아.

그들 스스로 영감을 얻지 못했는데 복음사가들이 불가사의한 방법으로 영감을 얻었다는 사실을 어떻게 알 수 있겠어? 그래서인지 이제는 영감의 은총을 교회의 초대 교부들뿐 아니라 종교 회의에서 많은 표를 획득한 사람들도 받았다고 우기려 드는 거야.

그럴 경우 오십 명 중에서 스물여섯 명은 영감을 얻었고 스물네 명은 얻지 못했다는 걸 어떻게 구별할 수 있느냐는 새로운 문제가 생기지. 그러다 보니 나중에는 교회의 우두머리가 축복의 손을 머리에 얹으면 영감과 영원한 신성을 얻게 된다고 주장하지.

결국 내적 확신, 절대적인 순종과 신앙, 헌신, 신에 대한 경건한 인식은 전혀 필요 없다는 주장이 되고 마는 거지. 이 모든 주장에도 불구하고 맨 처음의 문제는 여전히 뚜렷하게 남아 있어.

가령 B란 사람은 A란 사람이 영감을 얻은 사실을, 그만큼의 영감 아니 그 이상의 영감을 얻지 못하고 어떻게 알 수 있겠어? A가 영감을 얻었는지 못 얻었는지 알아내려면 B 자신이 A보다 더 많은 영감을 얻어야 하는 거잖아."

"나는 그렇게까지 명확하게 생각하지는 못했어."

그녀가 말을 이었다.

"사랑도 마찬가지인 것 같아. 어떤 사람이 자기를 사랑하고 있는 걸 깨닫기란 무척이나 어려울 거라는 생각이 들어. 사랑의 표현은 언제든 쉽게 꾸며 낼 수 있으니까.

그래서 내 생각에는 자신이 사랑하고 있다는 것을 깨닫지 못하면 사랑받고 있는 것도 모를 것 같아. 사랑을 깨달은 사람이라도 자신이 사랑을 믿는 만큼만 다른 사람의 사랑도 믿을 수 있을 거야.

성령도 사랑과 같지 않을까 생각해. 성령을 받는 사람은 하늘에서 불어오는 세찬 바람 소리를 듣고 불처럼 갈라지는 혀를 보는 거야. 하지만 다른 사람들은 놀라거나 당황하여 그들이 술에 취했다고 놀려 대지."

그녀는 잠깐 말을 멈춘 뒤 다시 이었다.

"아까도 말했듯이, 내가 나의 신앙에 확신을 갖게 된 건 순전히 《독일 신학》 덕택이었어. 여러 사람들이 지적하는 이 책의 결점 때문에 오히려 나는 확신을 더욱 굳히게 되었어.

저자는 자신의 의견을 논증하지 않고, 뿌려진 씨 중 몇 개는 좋은 땅에 떨어져 수천 배의 열매를 맺으리라 기대하듯 그저 의견을 뿌려 둘 뿐이었어. 단 한 번도 자기의 의견을 증명하려 애쓰지 않았어. 자기 의견이 진실임을 확신했기 때문에 굳이 증명이라는 형식을 쓸 필요가 없었을 거야."

"그래 맞아."

나는 그녀의 말을 가로챘다.

그녀의 말을 듣자 문득 스피노자가 《윤리학》에서 보여준 '논증의 연쇄'가 떠올랐기 때문이다.

"스피노자의 소름 끼치게 완벽한 논증을 보다 보면, 그 날카로운 사상가는 자신의 학설을 스스로 확신하지 못하기 때문에 더욱 꼼꼼한 증명에 매달리는 게 아닌지 의심하게 되거든."

나는 이야기를 계속했다.

"나 역시《독일 신학》에서 많은 감동을 받긴 했지만 솔직히 그렇게까지 깊이 감탄하진 않았어. 내가 보기에 그 책에는 인간미나 시적 감성, 특히 따뜻함과 현실에 대한 경외가 부족한 것 같아.

14세기의 모든 신비주의가 구원을 준비하는 데 도움을 주긴 하지만, 루터에게서 볼 수 있듯이 신에게 귀의하고 신에게서 용기를 얻어 현실로 돌아올 때 비로소 참다운 구원이 완성된다고 생각해.

인간은 일생에 한번쯤 자신이 하찮은 존재임을 깨달아야 하는 거야. 자신이 아무것도 아니고 자신의 존재와 기원 그리고 영원한 생명은 초자연적인 알 수 없는 무엇인가에 뿌리박고 있음을 느껴야 하지.

그것이 곧 신에게 귀의하는 길이야. 설령 이 세상에서 귀의의 길이 목적지에 도달하지 못하더라도 신을 향한 영원한 향수를 마음속에 간직하는 것이지. 신비주의자들이 원했던 것과는 달리 인간은 창조를 소멸시킬 수 없어.

인간이 비록 무에서, 즉 오직 신에 의해 신으로부터 창조되었지만 인간 스스로 무의 세계로 되돌아갈 수는 없는 거야. 타울러가 자주 언급했던 자아 소멸이란 것도 불교에서 말하는 열반이나 입멸 그 이상의 것은 아니지.

타울러가 말하기를 '최고의 존재를 경외하고 사랑하기 때문에 무로 되돌아가기를 원하는 사람은 곧 최고의 존재를 위해 가장 깊은 나락으로 떨어지기를 원하는 것과 같다.'고 했어.

하지만 이런 소멸은 창조주의 뜻이 아니야.

창조주는 끊임없이 창조하고 계시니까.

'신은 인간으로 변신할 수 있으나 인간은 신이 될 수 없다.'는 아우구스티누스의 말처럼, 신비주의는 인간의 영혼을 단련시키는 불은 될 수 있지만 인간의 영혼을 끓는 물처럼 증발시키지는 못하는 거야.

자신의 하찮음을 깨달은 사람은 또한 자신이 신의 반영이란 사실도 깨달아야만 해.

《독일 신학》에 이런 내용이 있어.

'완전한 자에게서 흘러나온 것은 완전한 자가 없으면 우연이고 광채이며 반사일 뿐 실재하지 않는다. 태양에서 나온

광채나 양초에서 나온 불빛처럼 그것은 실재하지 않는다.'

하지만 신에게서 흘러나온 것이 비록 태양에서 나온 광채처럼 실재하지 않더라도 그 안에 신적인 존재가 들어 있는 거야. 그리고 어쩌면 빛을 내지 않는 양초, 광채 없는 태양, 피조물 없는 창조주는 무의미하다고 말하고 싶은 사람도 있을 거야. 그에 관해서는 다음 구절이 진실을 밝혀 주지.

'인간과 피조물이 신의 심오한 충고와 뜻을 이해하려 하는 것은 아담이나 악마의 행동을 따르려는 것과 같다.'

그러므로 우리는 자신이 신의 반영임을 느끼고 그렇게 보이는 것에 만족해야 하는 거야. 우리를 비춰 주는 신의 빛을 가리거나 꺼 버려서는 안 돼. 충분히 타올라 그 빛이 주위의 모든 것을 비추고 따뜻하게 하도록 해야 해. 그렇게 함으로써 우리는 혈관 속에 살아 있는 불꽃을 느끼고 삶의 투쟁에 필요한 높은 영감을 얻게 되는 거야.

아무리 하찮은 소명이라도 그것에서 신을 상기하고 세

속적인 것을 신적인 것으로 만들고 순간적인 것을 영원한 것으로 받아들일 때 우리의 삶은 신과 함께하는 삶이 되는 거야. 신은 영원한 휴식이 아니라 영원한 삶이니까. 신의 뜻 같은 건 없다고 말한 안겔루스 질레지우스는 이런 진리를 알지 못했던 거야."

우리는 기도한다.
오! 신이여, 당신의 뜻대로 하소서, 라고.
그러나 보라, 신의 뜻 같은 건 없으며
신은 그저 영원한 휴식일 뿐이다.

그녀는 나의 말에 조용히 귀를 기울였다. 그러고는 잠깐 생각에 잠긴 뒤 입을 열었다.

"너의 신앙에는 강건한 힘이 있어. 그렇지만 이 세상에는 삶에 지친 나머지 휴식과 수면을 그리워하고, 고독에 빠져 있기 때문에 당장 영원의 품에 잠든다 해도 아무 미련도 속박도 느끼지 않을 사람이 있는 법이지.

그들은 신의 품에 안겨 신성한 안식을 얻을 거라는 희망을 품고 있는 거야. 어떤 속박도 그들을 이 세상과 묶어

놓을 수 없고 그들 마음에는 휴식에 대한 그리움 이외에는 아무런 소망도 없기 때문이지.

　　휴식은 최고의 보배,
　　신이 곧 휴식이 아니라면
　　나, 신 앞에서 두 눈 감아 버리리.

　　그리고 너는 《독일 신학》의 내용을 살짝 오해한 것 같아. 비록 외적인 삶의 하찮음을 가르치고 있긴 하지만 그 삶을 소멸시키라는 말은 절대 하지 않았어. 28장을 읽어 봐."
　　나는 책을 들어 읽었고, 그녀는 눈을 감고 들었다.

　　이러한 합일이 실제로 이루어져 현실이 된다면 내면의 사람은 그 합일 속에서 더는 움직일 수 없고 외면의 사람은 신의 의지에 따라 이곳에서 저곳으로, 여기서 저기로 움직이게 된다. 그것은 필연이며 의무이기 때문에 외면의 사람은 이렇게 말한다.
　　"우리는 존재할 의지도 존재하지 않을 의지도 없다. 살 의지도 죽을 의지도 없다. 알 의지도 모를 의지도 없다. 다만 필연적인 것을 행하고 겸허히 받아들이며 꾸준히 이루며 신의 뜻을 따르려 할 뿐이다."

이처럼 외면의 사람은 모든 이치를 따지려 들지 않고 스스로 알아내려 하지 않으며 오직 영원한 신의 뜻에 순종하고자 한다. 내면의 사람은 움직이지 말아야 하고 외면의 사람이 움직일 수밖에 없는 것은 거역할 수 없는 진실이기 때문이다. 또한 움직임의 이치를 묻는다면 그것은 정해진 필연이자 의무라고 대답할 수밖에 없다.

신이 스스로 인간이 되는 경우도 마찬가지다. 그것은 그리스도를 통해 볼 수 있다. 그런 합일이라면, 신의 광채 속에서 태어나 그곳에 깃들 때 교만한 마음도 경박한 욕심도 자유분방한 기질도 없어지고 오로지 끝없는 겸손, 허리를 굽혀 엎드리며 삼가는 마음, 성실과 정직, 평등과 진실, 평화를 사랑하고 분수를 아는 마음, 한마디로 일체의 덕이 있을 뿐이다. 이미 언급한 바와 같이 이런 덕이 없다면 참다운 합일은 있을 수 없다.

어떤 사물도 이 합일을 돕거나 이롭게 할 수 없는 것처럼 어떤 사물도 이 합일을 어지럽히고 방해할 수 없다. 오로지 인간의 의지만이 이것에 커다란 해를 끼칠 수 있으므로 이

점을 마음 깊이 새겨야 한다.

"거기까지면 충분해. 이제 서로의 의견을 충분히 이해했다고 생각해. 이름을 알 수 없는 나의 스승은 다른 부분에서 더욱 분명히 말하고 있어. 누구든 죽음 앞에서는 흔들리게 되어 있다고.

또한 아무리 신성하고 거룩한 인간이라도 신의 지체에 불과한 존재이기 때문에 신에 의해 움직여질 뿐 스스로 움직일 수는 없고 그저 성령이 깃든 신전과 같은 존재라고 말하고 있어.

그래서 성령을 받은 사람은 충만함을 느끼지만 그것을 말로 표현하지 않고 사랑의 비밀을 간직하듯 신 안에 깃든 자신의 삶을 간직하고 있는 거야.

가끔은 내가 저 창밖의 백양나무 같다는 기분이 들 때가 있어. 저 나무는 밤에 잎조차 움직이지 않고 조용히 서 있어. 그러다가 아침에 바람이 불면 잎이 살랑살랑 움직이기 시작하지.

하지만 나무줄기와 가지들은 꼼짝도 하지 않아. 오래지 않아 가을이 오면 살랑거리던 잎은 모두 떨어져 시들어

버리겠지. 하지만 나무줄기와 가지들은 꿋꿋하게 봄이 오기를 꼼짝 않고 기다릴 거야."

그녀가 사유의 세계에 아주 깊이 빠져 있었으므로 나는 굳이 그녀를 방해하고 싶지 않았다. 나 역시 그런 사유의 현혹에서 겨우 빠져나오지 않았던가. 우리 둘 다 고민과 피로가 컸지만, 그 속에서 그녀는 누구도 빼앗을 수 없는 좋은 몫을 찾은 것 같았다.

이처럼 우리는 오후마다 새로운 대화를 열었고 보이지 않는 마음을 꿰뚫어 보는 새로운 눈을 뜨게 되었다.

그녀는 내게 숨김없이 자신의 생각과 느낌을 얘기했다. 그녀의 마음속에서 오랫동안 자라 온 것들을 있는 그대로 표현했다. 어린아이가 치마에 하나 가득 모은 꽃잎을 아낌없이 잔디 위에 흩뿌리듯이 그녀는 자기 생각을 모두 풀어내었다.

그러나 나는 나의 마음을 있는 그대로 열어 보일 수 없었다. 나로서는 그것이 무척 괴로웠지만 사회는 끊임없이 속마음을 숨기라고 요구하고, 그렇게 숨기는 일을 예의나 분별 혹은 현명이라고 멋대로 이름 붙인다. 그렇기 때문에 우리의 삶은 온통 가장무도회가 되고 만다. 이러한 세

상에 살면서도 솔직하게 속마음을 얘기할 수 있는 사람
이 얼마나 되겠는가.

사랑을 할 때조차 하고 싶은 말을 솔직하게 하지 못하
고 침묵하고 싶을 때 침묵하지 못하며, 있는 그대로 받아
들이고 바라보고 헌신하지 않고 시인의 말을 빌려 그럴
듯하게 꾸며야 하는 형편이 아니던가.

나는 할 수만 있다면 "너는 내 마음을 모를 거야."라고
말하며 속마음을 솔직하게 고백하고 싶었다. 그러나 속마
음을 제대로 표현할 말이 도무지 떠오르지 않았다.

생각다 못해 나는 집으로 돌아오기 전에 아닐드
의 시집을 그녀에게 주며 '파묻힌 생명'을 읽어 보라
고 했다. 그것이 나의 고백이었다. 나는 그녀에게 몸
을 굽히며 "그럼, 잘 있어." 하고 인사를 했다. 그녀는
"안녕!" 하고 대답하면서 나의 머리에 손을 올렸다.

그때였다. 나의 온몸에 전율이 일어나고 어린 시절의
꿈이 마음속에서 다시 날개를 퍼덕이는 듯했다. 나는 그
자리를 뜰 수가 없었다. 그녀의 평화로운 영혼이 나의 영
혼을 온통 휘감을 때까지 그녀의 신비로운 눈을 바라보
았다. 그리고 아무 말 없이 일어나 집으로 돌아왔다.

그날 밤 나는 백양나무 꿈을 꾸었다. 바람이 세차게 불어 대고 있는데도 가지에 달린 잎은 조금도 움직이지 않았다.

파묻힌 생명
매슈 아널드

지금, 우리 사이에 가벼운 농담 오고 가지만
보라, 눈물 고인 나의 눈을,
이름 모를 슬픔이 가슴을 울리누나.

그렇다! 그렇다! 우리는 안다.
농담을 주고받을 줄 알고
미소도 지을 줄 안다.
그러나 이 가슴에 무언가 있어
그대의 농담 안식이 못 되고
그대의 미소 위안이 못 된다.

그대의 손 내 손에 얹고 잠시만 침묵해다오.

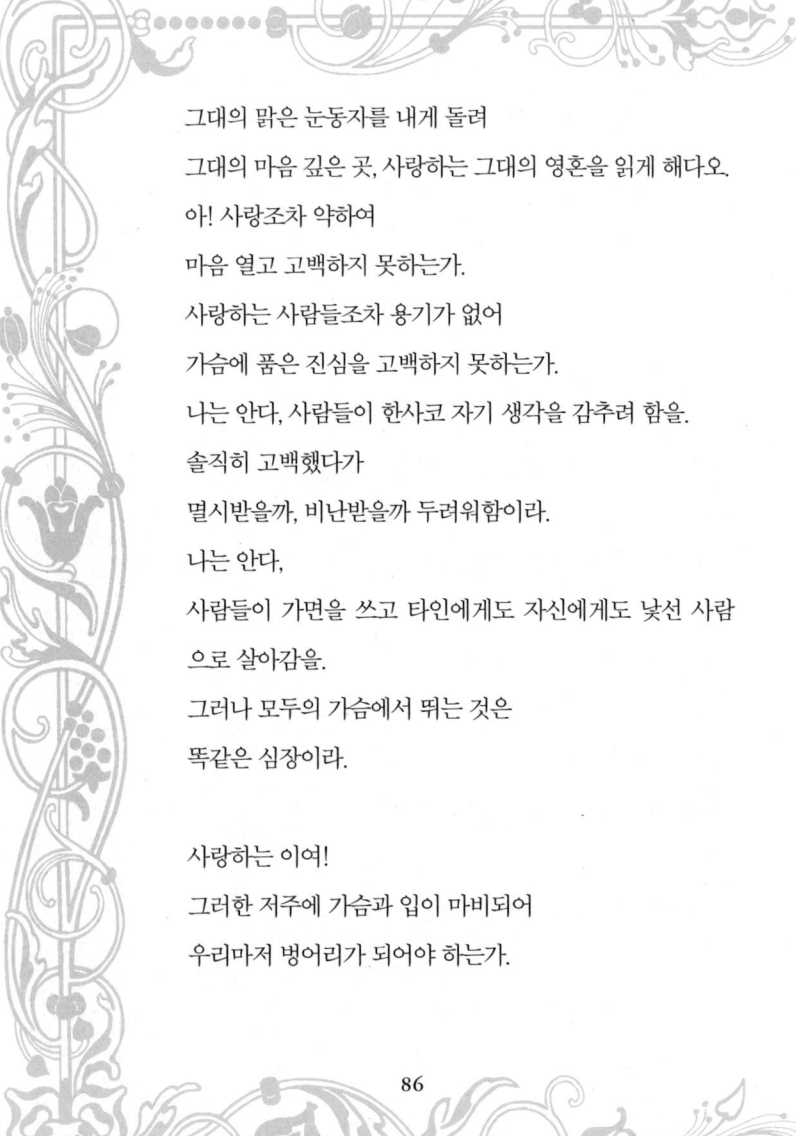

그대의 맑은 눈동자를 내게 돌려

그대의 마음 깊은 곳, 사랑하는 그대의 영혼을 읽게 해다오.

아! 사랑조차 약하여

마음 열고 고백하지 못하는가.

사랑하는 사람들조차 용기가 없어

가슴에 품은 진심을 고백하지 못하는가.

나는 안다, 사람들이 한사코 자기 생각을 감추려 함을.

솔직히 고백했다가

멸시받을까, 비난받을까 두려워함이라.

나는 안다,

사람들이 가면을 쓰고 타인에게도 자신에게도 낯선 사람

으로 살아감을.

그러나 모두의 가슴에서 뛰는 것은

똑같은 심장이라.

사랑하는 이여!

그러한 저주에 가슴과 입이 마비되어

우리마저 벙어리가 되어야 하는가.

아! 한순간일지라도
우리 가슴의 빗장을 열 수 있다면
여태껏 묶어 두었던
우리 입술의 사슬을 풀 수 있다면
그것으로도 족할 것을!

예견된 운명,
변덕스런 아이가 되어
때로는 장난에 마음을 빼앗기고
때로는 온갖 싸움에 몸을 던지고
본성마저 변하는구나.
그러나 운명은,
변덕스런 장난 속에서도
순수한 자아를 지키고
존재의 법칙에 순응케 하기 위해
보이지 않는 생명의 강에 명령하여
우리 가슴 깊은 곳에 파묻혀 흐르게 하였구나.
그래서 인간의 눈은
파묻힌 그 흐름을 보지 못하고

장님 같은 불안 속에서 생명의 강과 함께 정처 없이 흐르며
영원히 떠도는 것 같구나.

그러나 세상의 온갖 혼잡 속에서도
그러나 어두운 투쟁 속에서도
파묻힌 생명을 알고자 하는 욕구가
자꾸 솟구쳐 오른다.
그것은 정열과 한없는 힘을 쏟아
우리의 참된 본질적인 생명의 길을 가려는 욕망.
강렬하고 깊이 울리는 가슴의 신비를 알려는 갈망.
우리가 어디서 와서 어디로 가는지 찾아내려는 열망.
수많은 사람들이 제 가슴속을 파헤쳐 보지만
아, 너무 깊어 끝까지 파지 못하누나.
우리들, 수많은 일터에서
그 힘과 기량 모자람 없었건만
우리의 본질적인 일터에서
본질적인 자아가 되어 본 적은 거의 없구나.
가슴에 흐르는 감정 한 가닥조차 표현할 능력이 없구나.
그리하여 우리의 감정은 표현되지 못한 채 지나가 버리누나.

감춰진 자아를 말하고 행동하려 애썼지만 모두 허사였나니
우리가 말하고 행동하는 것은 감동적이고 근사하지만
진실은 아니리!
우리는 이제 갈등으로 더는 괴로워하지 않으리라.
순간순간에게 마비의 힘을 갈구하지 않으리라.
그렇다! 그것은 우리의 요구에 따라 우리를 마비시켰다.
그러나 아직도 이따금
영혼의 심연에서 생겨난 미풍의 선율과 떠도는 메아리가
아득히 먼 땅에서 온 듯 어렴풋이 홀로 찾아와
우리의 나날에 우수를 더한다.

비록 아주 드문 경우지만,
어느 사랑하는 손이 우리 손에 쥐어질 때
기나긴 시간의 소음과 섬광에서 헤어나
타인의 눈을 분명히 읽을 수 있을 때
세속에 귀먹은 우리의 귀를
사랑스런 목소리가 어루만질 때
이때만은 우리 가슴속 어디에선가
빗장 열리는 소리 들리고

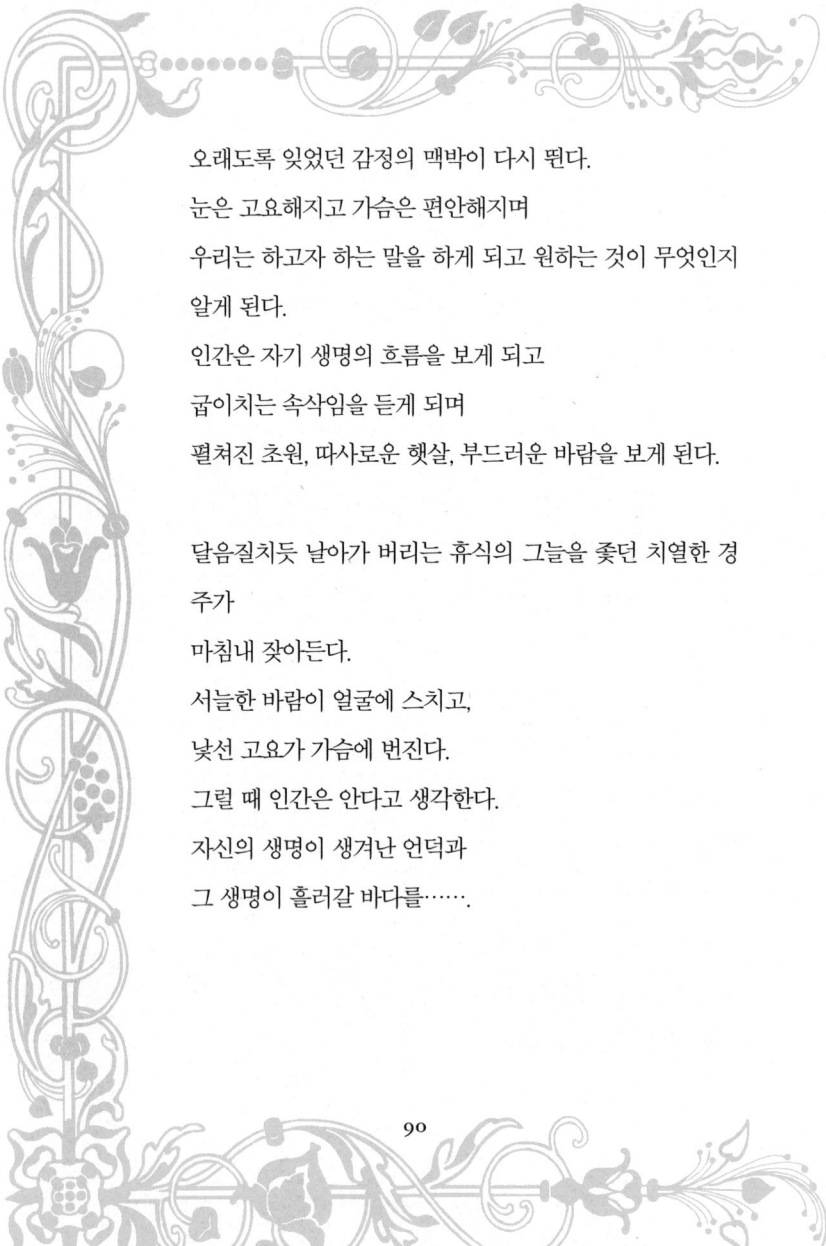

오래도록 잊었던 감정의 맥박이 다시 뛴다.

눈은 고요해지고 가슴은 편안해지며

우리는 하고자 하는 말을 하게 되고 원하는 것이 무엇인지

알게 된다.

인간은 자기 생명의 흐름을 보게 되고

굽이치는 속삭임을 듣게 되며

펼쳐진 초원, 따사로운 햇살, 부드러운 바람을 보게 된다.

달음질치듯 날아가 버리는 휴식의 그늘을 좇던 치열한 경

주가

마침내 잦아든다.

서늘한 바람이 얼굴에 스치고,

낯선 고요가 가슴에 번진다.

그럴 때 인간은 안다고 생각한다.

자신의 생명이 생겨난 언덕과

그 생명이 흘러갈 바다를……

Sixth Memory

Sixth Memory

여섯 번째 회상

다음 날 아침 일찍 누군가 문을 두드렸다. 후작 가족의 주치의인 늙은 의사였다. 그는 마을 주민의 육체적 정신적 위안이자 친구로 이 대에 걸쳐 마을 주민의 건강을 지켜 왔다. 그의 도움으로 세상에 나온 아기들이 벌써 부모가 되었지만 그는 여전히 그들을 제 자식인 양 생각하며 살았다.

그는 독신이었고 노년기에 들어섰는데도 변함없이 정정했으며 잘생긴 외모와 건강한 풍채도 여전했다. 지금 내 기억 속에 남아 있는 그의 모습은 어린 시절에 본 그대로다.

맑고 투명한 눈이 숲처럼 무성한 눈썹 밑에서 빛났고

백발이 다 된 머리칼이었지만 탱탱한 곱슬머리로 윤기가 돌았다. 은장식이 달린 구두, 하얀 양말, 늘 새 옷처럼 보였지만 사실은 아주 오래된 하늘색 옷, 무엇 하나 잊히지 않았다. 어렸을 때 나의 맥을 짚어 보거나 처방을 써 줄 때 침대 맡에 세워 두던 지팡이도 눈에 선하다.

나는 자주 아팠다. 아플 때마다 병이 나을 수 있었던 건 의사에 대한 나의 믿음 덕분이었다. 의사가 내 병을 고쳐 주리라는 걸 단 한 번도 의심하지 않았다.

의사를 불러야겠다는 어머니의 말은 해진 바지를 재봉사에게 보내야겠다는 말과 비슷한 느낌을 주었다. 의사가 처방해 주는 약을 먹기만 하면 틀림없이 나을 거라 믿었던 것이다.

"어디 아픈 데는 없나?"

방으로 들어오면서 의사가 물었다.

"안색이 별로 안 좋군. 공부도 좋지만 건강도 생각하라고. 시간이 별로 없으니 용건만 빨리 말하겠네. 마리아를 그만 찾아갔으면 해. 어제 밤새도록 잠도 못 자고 마리아의 곁을 지켜야 했는데, 그게 다 자네 탓이란 말이야. 정말로 마리아를 소중히 여긴다면 다시는 찾아가지 말게.

마리아는 하루라도 빨리 시골로 요양을 가야 해. 잠시 여행이라도 다녀오지 그래. 그럼, 이만 가 보겠네. 내가 한 말 명심하고."

그는 내 손을 잡더니 약속이라도 받으려는 듯 선한 눈으로 나를 그윽하게 보다가 어린 환자들을 돌보러 갔다.

타인이 이렇듯 느닷없이 내 영혼의 비밀 속으로 깊숙이 침투했다는 사실과 내가 모르고 있던 일까지 알고 있다는 사실이 몹시 당황스러웠다. 겨우 마음을 가다듬기 시작했을 때 의사는 이미 집 밖으로 나가 성큼성큼 걸어가고 있었다. 내 가슴속은 불에 올려놓은 물처럼 처음에는 조용하다가 갑자기 부글부글 끓어올라 급기야는 넘쳐흐르는 듯했다.

그녀를 다시는 찾아가지 말라고! 그녀 곁에 머물 때만 나는 살아 있는데……. 말하지 않고 소리도 없이 그냥 곁에 있기만 해도 되는데……. 그녀가 잠들었을 때 창가에 서 있기만 해도 되는데…….

아아, 그런데 두 번 다시 그녀를 보지 못한다고! 작별 인사조차 하지 못했다. 그녀는 내가 자기를 사랑하는지조차 모른다. 알 리가 없지.

아아, 나는 그녀를 사랑하는 게 아니다.

나는 아무것도 열망하지 않는다. 아무것도 바라지 않는다.

나의 심장은 그녀 곁에 있을 때만 편안하게 뛴다. 그녀가 곁에 있음을 느끼지 않고는 견딜 수 없다. 그녀의 영혼을 숨 쉬지 않고는 참을 수 없다. 그녀에게로 가지 않으면 안 된다.

그녀는 나를 기다린다. 운명이 아무 목적도 없이 공연히 우리 둘을 만나게 했단 말인가. 나는 그녀의 위안이 되어 주고 그녀는 나의 안식이 되어 줄 수 없단 말인가.

인생은 장난이 아니다. 사막의 모래가 열풍에 날려 모였다 흩어지듯 두 영혼이 만나는 게 결코 아니다. 운명의 호의로 만난 우리 영혼은 서로를 꼭 붙잡지 않으면 안 된다.

우리에게 주어진 사랑은 그런 것이다. 우리가 그것을 위해 살고 싸우고 죽겠다는 용기만 갖는다면 어떤 힘도 우리에게서 그것을 빼앗아 가지 못한다. 행복한 꿈을 꾸며 오래도록 축복의 시간을 보내던 나무 그늘을 천둥소리 한 번에 떠나듯 그렇게 그녀를 떠난다면 그녀는 나를 경멸할 것이다.

바로 그때 마음속이 순식간에 조용해지고 '그녀의 사랑'이란 소리만 메아리처럼 구석구석을 울려 나조차도 그 소리에 깜짝 놀랐다.

그녀의 사랑, 무엇으로 내가 그녀의 사랑을 받을 수 있을까. 그녀는 나에 대해 잘 알지 못한다. 설령 그녀가 나를 사랑한다고 해도, 나는 천사의 사랑을 받을 자격이 없다고 고백해야 하지 않을까.

마음속에 떠오른 온갖 생각과 희망은 창공으로 날아오르려다 철망에 부딪히고만 새처럼 땅으로 떨어지고 말았다.

아아, 모든 행복이 그토록 가까이 있는데 어째서 나는 거기에 다다를 수가 없단 말인가! 기적이라는 것도 있지 않은가.

신은 매일 아침 기적을 일으키고 있지 않은가. 내가 진심으로 신에게 매달리며 위안과 구원을 달라고 간절히 기도할 때 신은 가끔씩 나의 기도를 들어주지 않았던가.

이 세상의 돈이나 명예를 바라는 게 아니다. 서로의 반쪽 영혼이 만나 서로를 알아보고 두 영혼이 손을 마주 잡고 서로의 눈을 바라보며 지상의 짧은 여행을 함께하는 것, 그리하여 이 여행이 끝날 때까지 내가 그녀의 위로가 되어 주고 그녀가 나를 걱정해 주는 것, 그것이면 족하다.

그리고 뒤늦게라도 그녀의 인생에 봄이 찾아오고 그녀의 병이 나을 수만 있다면…….

아아, 너무나 아름다운 정경이 눈앞에 펼쳐진다!

티롤에 있는 아름다운 성. 그녀의 돌아가신 어머니의 성이었지만 지금은 그녀의 소유다. 푸른 산, 신선한 공기, 건강하고 소박한 주민들. 그곳이라면 우리 두 영혼을 시기하는 사람도, 제지하는 사람도 없이 세상의 톱니바퀴와 번민에서 멀리 떨어져 인생 황혼기의 축복과 평안을 누리며 저녁노을처럼 조용히 소멸해 갈 수 있으리라.

저 멀리 눈 덮인 봉우리를 품고 있는 검은 호수와 반짝거리는 잔물결이 눈앞에 펼쳐졌고 양 떼의 방울 소리와 목동의 노랫소리가 들려왔다. 포수가 총을 메고 산에서 내려왔다. 저녁이 되자 남녀노소 할 것 없이 모두가 마을로 몰려들었다.

마리아는 평화의 천사처럼 가는 곳마다 축복을 뿌렸고 물론 나는 그녀와 함께하는 친구이자 안내자였다. 넌 정말 바보로구나. 바보, 멍청이! 나는 소리쳤다. 너는 어쩌면 그렇게도 격렬하고 나약한 마음을 지녔단 말이냐. 정신 좀 차려라. 주제를 알아야지. 너와 그녀가 얼마나 다른 신분인지 생각을 좀 해 봐라.

그녀는 마음씨가 고와 다른 사람을 배려하고 공감해 주기를 좋아한다. 그녀의 순수한 상냥함과 천진함은 너에 대해 깊은 감정을 갖지 않았다는 뜻임을 왜 모르느냐.

너는 여름밤에 홀로 숲을 거닐다 맑은 하늘에 뜬 달이 모든 나뭇가지와 잎사귀에 은빛을 뿌리고 있는 광경을 본 적이 없느냐. 연못의 탁한 물에 자신을 비추고 아무리 작은 물방울일지라도 그 속에 자기를 담아내는 달을 본 적이 없느냐. 그런 달처럼 그녀도 너의 어두운 인생에 빛을 뿌리고 있는 것이다. 그러므로 너는 그녀의 부드러운 빛을 가슴에 품어도 좋다. 하지만 그보다 더 따뜻한 눈빛을 기대해서는 안 된다.

그때 별안간 그녀의 얼굴이 내 눈앞에 나타났다. 머릿속에 떠오른 모습이 아니라 환영처럼 내 앞에 서 있었다. 나는 처음으로 그녀가 얼마나 아름다운지 깨달았다.

그녀의 아름다움은 첫눈에 매혹시키지만, 이내 봄바람

에 흩어져 버리는 봄꽃 같은 소녀의 아름다움이 아니었다. 그녀의 아름다움은 본질의 조화였다. 동작 하나하나가 진실이었다. 그녀의 아름다움은 초월적인 그 무엇이었고 육체와 정신의 완전한 융합으로 바라보는 이에게 즐거움을 주었다.

대자연이 아무리 아름다움을 아낌없이 주더라도, 받는 사람이 온전히 받아들이지 못하거나 받아들일 자격이 없거나 부족한 자격을 극복하지 못한다면 결코 만족을 얻지 못하는 것이다.

여배우가 여왕 복장을 하고 무대에 섰을 때 그녀의 동작 하나하나가 의상과 어울리지 않아 남의 옷을 입은 것처럼 보인다면 의상의 아름다움은 오히려 모욕이 되고 만다.

진정한 아름다움은 기품이 있어야 한다. 기품이란 육체적이고 세속적인 모든 어려움을 정신적인 것으로 승화시킴을 의미한다.

정신은 추한 것을 아름답게 바꾼다. 내 앞에 선 환영을 바라볼수록 그녀의 자태는 고귀한 아름다움으로 가득했고 영적인 깊이가 느껴졌다. 오, 나에게 이런 축복이 오다니…….

하지만 이것은 내게 행복의 절정을 맛보게 한 후 영원히 사막으로 쫓아 버리려는 것이었다. 이 세상에 보석이 감추어져 있다는 사실을 몰랐더라면 좋았으리라.

아아, 단 한 번 사랑하고 영원히 고독해야 하다니! 단 한 번 믿음을 보고 영원히 절망해야 되다니. 단 한 번 보고 영원히 장님이 되고 말다니. 이것은 고문이다. 이런 고문에 비하면 인간이 행하는 실제 고문은 아무것도 아니다.

이렇듯 나의 생각은 꼬리에 꼬리를 물고 뻗어 갔지만 이내 모든 것은 잠잠해지고 소용돌이치던 상념도 점차 안정되었다. 이런 안정과 고요를 일컬어 사람들은 명상이라 부른다.

그러나 이것은 관찰과 같다. 갖가지 상념의 혼합은 시간이 흐르면 영원한 법칙에 따라 저절로 결정체가 된다. 이 과정을 화학자처럼 관찰할 때 우리는 요소들이 이룬 결정체를 보고 놀라곤 하는데 우리가 전혀 예기치 않았던 의외의 물체가 생기곤 하기 때문이다.

내가 이런 관찰에서 깨어나 가장 먼저 꺼낸 말은 '여행을 가야겠다.'였다. 나는 곧바로 책상에 앉아, 이 주 동안

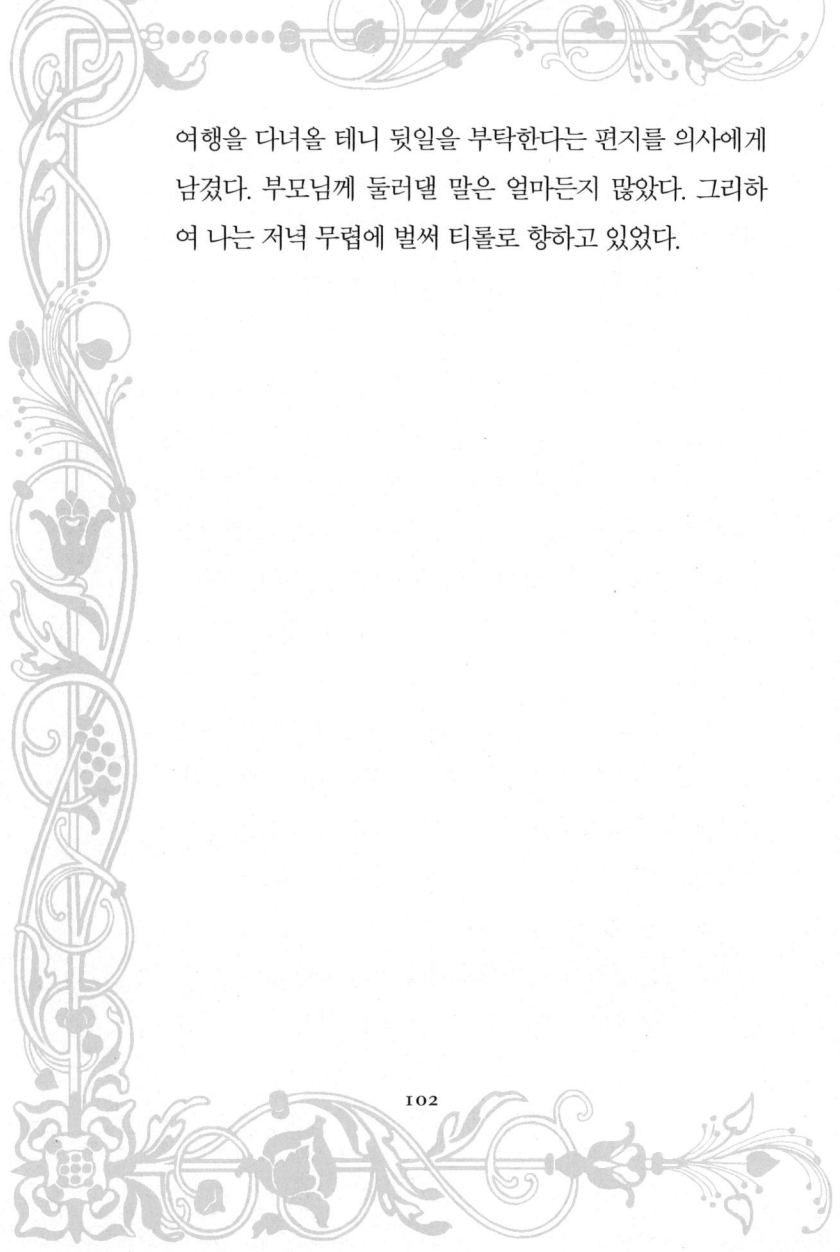

여행을 다녀올 테니 뒷일을 부탁한다는 편지를 의사에게 남겼다. 부모님께 둘러댈 말은 얼마든지 많았다. 그리하여 나는 저녁 무렵에 벌써 티롤로 향하고 있었다.

Seventh Memory

Seventh Memory

일곱 번째 회상

 친구와 팔짱을 끼고 티롤의 산과 계곡을 거니는 것은 삶의 활기와 기쁨을 되찾는 더없이 좋은 휴양이다. 그러나 혼자 외로이 상념에 젖어 그곳을 거니는 것은 시간 낭비며 남는 건 피로뿐이다.

푸른 산, 어스름한 계곡, 맑은 호수, 웅대한 폭포!

내가 그것들을 보는 것이 아니라 그것들이 나를 보고, 웬 인간이 혼자 어슬렁거리나 이상히 여기는 듯했다.

세상 그 누구도 아닌 바로 내 곁에 머물렀으면 하는 단 한 사람을 잃은 채 이렇게 혼자라는 사실이 가슴을 죄어들게 했다.

나는 매일 아침 생각에 잠겨 눈을 떴다. 자신도 모르게 계속 흥얼거리게 되는 노래처럼 그 생각은 하루 종일 나를 따라다녔다. 온종일 걷고 또 걷다 해가 져서야 숙소로 돌아와 지친 몸으로 주저앉으면 사람들은 고독한 나그네를 묘하게 쳐다보았다. 그러면 고독한 나를 아무도 보지 못하는 어두운 밖으로 나왔다가 밤이 깊어진 뒤 살그머니 숙소로 돌아가 침대에 몸을 눕히곤 했다.

잠이 들 때까지 슈베르트의 '그대 없는 곳에 행복이 꽃피리니'의 멜로디가 가슴에서 울렸다. 찬란한 자연을 즐기고 환호하며 웃고 떠드는 무리들과 마주치는 일이 싫어, 결국 낮에는 자고 밤에는 달빛에 기대 여기저기 돌아다녔다.

그때 나를 뒤쫓아 와 나의 상념을 산만하게 어지럽히는 어떤 감정이 있었다. 그것은 공포였다.

길도 모르는 산을 달밤에 혼자 걸어 보라. 어느 누구라도 이상하리만큼 눈이 예민해져서 멀리 있는 수상한 형체들을 자꾸 보게 될 것이다. 귀가 병적으로 예민해져서 어디서 나는지도 모르는 이상한 소리를 자꾸 듣게 될 것이다.

바위를 비집고 나온 나무뿌리에 발이 걸리기도 하고 폭

포의 물보라에 젖은 길에서 미끄러지기도 하는 것이다. 그러다 보면 위안을 잃은 황막함만이 가슴에 남을 뿐, 따스한 회상도 의지할 희망도 없게 된다.

이런 여행을 해 본 사람은 차디찬 밤의 공포를 몸과 마음으로 느꼈을 것이다. 인간이 처음으로 느끼는 공포는 신에게 버림받는 일이다. 그러나 하루하루의 생활이 그 공포를 쫓아 버리고 신의 형상대로 창조된 인간이 신을 대신하여 우리의 고독을 달래 준다.

그러나 인간의 위안과 사랑마저도 우리를 저버리면 우리는 신과 인간 모두에게 버림받는 것이 어떤 것인지 알게 된다. 그렇게 되면 말 없는 자연도 우리에게 위안이 아니라 공포가 되는 것이다.

예컨대 단단한 바위를 딛고 섰더라도 그 바위가 금방이라도 부서져 원래 모습인 바닷속 먼지로 돌아갈 것 같아 다리가 후들거리는가 하면, 어둠 속에서 빛을 찾아 헤맬 때 전나무 뒤로 달이 올라와 절벽에 그려 놓은 날카로운 전나무 그림자마저도 멈춘 지 오래인 죽은 시곗바늘처럼 보이는 것이다. 수많은 별 중에도 드넓은 창공에도 외롭고 쓸쓸한 영혼이 쉴 안식처는 없다.

그러나 때때로 우리에게 위안을 주는 것이 하나 있다. 그것은 바로 자연의 고요, 질서, 오묘함 그리고 필연성이다.

폭포 양편에 놓인, 검푸른 이끼로 덮인 잿빛 바위 아래의 서늘한 그늘에서 돌연히 파란 물망초를 발견했다.

그 물망초는, 세상의 수많은 개울가에 피어 있고 천지가 창조되던 날 아침부터 오늘까지 수없이 피었던 수많은 물망초 가족들 중 하나다. 꽃잎의 작디작은 점과 꽃받침 속의 꽃가루 그리고 잔뿌리조차 이미 그 수가 정해져 있어 어떤 힘도 그 수를 늘리거나 줄일 수 없는 것이다.

흐리멍덩한 눈을 맑게 하여 초인적인 힘으로 자연을 깊이 들여다보면, 현미경으로 씨와 꽃봉오리와 꽃의 비밀 공장을 관찰하면, 우리는 섬세한 조직과 세포 속의 무한히 반복되는 형태를 발견하며 미세한 섬유 조직에 들어 있는 자연 설계의 영원한 불변성을 보게 된다.

더 깊이 파고들어도 닿는 곳마다 똑같은 세계가 눈에 들어와 마치 거울에 둘러싸인 방에 들어간 것처럼 우리의 눈은 무한한 만화경 속에서 망연자실하게 된다. 자연의 그러한 고요, 질서, 오묘함 그리고 필연성이 이 작은 꽃에 간직되어 있다.

우주에서는 영원한 질서에 따라 위성이 행성의 둘레를, 행성이 항성의 둘레를, 항성이 다른 항성의 둘레를 돌고 있다. 한층 더 예리한 망원경이라면 저 멀리 성운에서 아름다운 신세계를 보게 되리라.

생각해 보라. 저 장엄한 천체가 떠올랐다 지기를 반복하며 사계절을 만들고 물망초의 씨앗이 생명을 되풀이한다. 세포가 열리고 싹이 트고 꽃이 피어 목장의 융단 위를 아름답게 수놓는다.

초록 꽃받침 속에서 꼬물거리는 딱정벌레를 보라. 딱정벌레가 알에서 나와 생명을 얻고 활기차게 숨 쉬며 삶을 누리는 일은 꽃의 세포 조직이나 생명 없는 천체의 구조보다 몇천 배는 놀랍지 않은가.

자연의 그런 무한함 속에 자신이 속해 있음을 느낀다면, 함께 운행하고 함께 살다 함께 시들어 가는 무한한 피조물에 대한 생각으로 위안을 받게 되리라.

작은 것, 큰 것, 지혜, 힘, 생존의 기적, 기적의 생존 등 모든 것이 어떤 존재의 작품임을 알고, 그 존재 앞에서 두려워서가 아니라 자신의 나약함을 실감하기 때문에 꿇어

앉아 그의 사랑과 자비를 마음 깊이 새긴다면, 꽃의 세포나 별의 세계나 딱정벌레의 생명보다 훨씬 무한하고 영원한 것이 당신 속에도 존재함을 진정으로 느낀다면, 어둠을 비추는 영원한 자의 광휘가 당신을 감싸고 있음을 느낀다면, 가상을 실제로 불안을 평안으로 고독을 보편으로 만드는 존재가 당신의 주변 모든 곳에 있음을 느낀다면, '아버지 창조주시여! 주님의 뜻이 하늘에서와 같이 땅에서도 이루어지고 땅에서와 같이 내 안에서도 이루어지게 하소서.' 하고 인생의 암흑 속에서 부르짖을 때 당신이 누구를 향하여 부르짖는지 깨닫게 될 것이다.

그러면 당신의 마음과 주변이 밝아지고 새벽의 어둠은 안개처럼 흩어지며, 자연은 새로운 따스함으로 가득 찰 것이다. 다시는 놓치지 않을 손을 발견할 것이다. 산이 흔들리고 달과 별이 사라질지라도 당신을 부축해 줄 손을 찾아낼 것이다.

당신이 어디에 있든 그는 당신 곁에 있을 것이고 당신은 그의 곁에 있을 것이다. 그는 영원히 당신 곁에 있을 것이다.

꽃과 가시를 포함한 세상 모든 것이 그의 것이고 기쁨

과 슬픔을 안고 사는 모든 인간도 그의 것이다. 아무리 하찮은 것이라도 당신에게 일어나는 일은 모두 신의 뜻이다.

이러한 온갖 상념에 젖어 나는 계속 길을 걸었다. 마음이 밝아졌다 이내 어두워지고 다시 밝아지기를 반복했다. 왜냐하면 우리는 영혼 깊숙한 곳에서 고요와 평화를 찾아냈더라도 계속해서 고요를 유지하며 성스러운 은둔자로 머물기가 무척이나 어렵기 때문이다. 뿐만 아니라 모처럼 찾은 고요와 평화도 금세 잃어버리고 그것을 되찾는 법을 모르는 경우가 많기 때문이다.

&

몇 주가 지났고 그녀에게서는 아무런 소식도 없었다.

'어쩌면 벌써 이 세상을 떠나 조용히 잠들었는지도 모른다.'

이 말은 또 다른 노래가 되어 자꾸 입안에 맴돌았고 아무리 뿌리치려 해도 소용이 없었다. 그녀는 심장병을 앓고 있었으므로 충분히 있을 수 있는 일이었다. 의사마저도 매일 아침 그녀를 찾아갈 때마다 그녀가 이미 이 세상 사람이 아닐지도 모른다는 각오를 한다고 말했었다.

하지만 작별 인사조차 못 한 채, 내가 얼마나 그녀를 사랑하고 있는지 고백조차 못 한 채 그녀를 떠나보낸다면, 아아, 그렇게 내버려 둔 나 자신을 스스로 용서할 수 있을까.

나를 사랑한다는 얘기를 그녀에게서 들을 때까지, 그녀가 나를 용서하겠다고 할 때까지, 다음 생애에서 다시 그녀를 찾을 때까지, 그녀를 따라가야 하지 않을까.

인간은 어째서 자기 인생을 흥청망청 써 버릴까?

인간은 어째서 오늘이 마지막 날일 수도 있다는 생각을 못할까? 시간을 잃는 것은 영원을 잃는 것과 같다는 사실을 왜 모를까? 왜 자기가 할 수 있는 최선과 누릴 수 있는 최고의 아름다움을 다음으로 미룰까?

그리고 내가 갑자기 여행을 떠난 것은 모두 나의 사나이다움을 보이려는 것이었고, 그곳에 남아 의사에게 나약함을 보이기가 싫었기 때문이었음을 깨달았다. 비로소 모든 것이 명확해졌다. 내가 당장 해야 할 일은 한시바삐 그녀에게로 돌아가 하늘이 주신 모든 것을 감수하는 것임을 깨달았다.

돌아갈 계획을 세우는데, 하루라도 빨리 시골로 요양을 가야 한다던 의사의 말이 별안간 생각났다. 여름의 대부분을 티롤의 성에서 지낸다는 얘기를 마리아에게 직접 들은 적도 있었다. 그녀는 어쩌면 내가 있는 곳에서 그리 멀지 않은 곳에 와 있을지도 모른다.

하루면 그녀에게 갈 수 있다! 생각이 여기에 미치자 당장 길을 떠나지 않고는 배길 수가 없었다. 아침에 출발한 나는 저녁에 벌써 성문 앞에 서 있었다.

그날 저녁은 유난히도 고요하고 밝았다. 저녁놀을 받은 산봉우리는 풍요로운 황금색으로 빛났고 산 중턱은 붉은 청색을 띠고 있었다. 계곡에서 피어오른 잿빛 안개가 차츰 위로 떠올라 갑자기 환해지더니 구름바다처럼 하늘에서 물결치고 있었다.

이 변화무쌍한 온갖 색조는 어두운 호수의 잔잔한 물결에 그대로 담겨 있었다. 호숫가의 산들은 위로 높이 치솟았는가 하면 호수 아래로 물구나무를 섰다. 나뭇가지 끝, 교회의 첨탑, 집집마다 피어나는 저녁연기만이 현실 세계와 호수에 비친 세계를 구별해 주었다.

나의 눈은 오직 한곳에 고정되어 있었다. 그곳은 내 예감에 마리아가 와 있을 것 같은 고성이었다. 그러나 창은 어두웠고 저녁의 고요함을 깨는 발소리조차 들리지 않았다.

나의 예감이 틀린 걸까? 나는 천천히 성문을 통과하여 계단을 올라 앞뜰에 섰다. 보초 한 명이 천천히 오가며 지키고 있었다. 나는 황급히 보초병에게 다가가 성에 누가 와 있느냐고 물었다.

"후작 전하의 따님과 하인들이 와 있소."

보초병의 짧은 대답이 다 끝나기도 전에 나는 이미 현관 앞에 서서 초인종을 누르고 있었다. 그때 문득 정신이 들면서 내가 하는 행위에 생각이 미쳤다.

이곳에는 나를 아는 사람이 한 명도 없었으므로 내가 누구라고 말해야 할지 난감했다. 몇 주를 산속에서 보낸 나의 외양은 흡사 거지와 같았다. 뭐라고 말해야 할까? 누구에게 안내를 청해야 할까? 그러나 생각을 정리할 겨를도 없이 현관문이 열리더니 단정한 제복 차림의 남자가 나타나 수상쩍게 나를 훑어보았다.

나는 후작 전하의 따님을 시중드는 영국인 하녀가 와 있느냐고 물었다. 와 있다고 하기에 종이와 펜을 청하여 마리아의 안부가 궁금하여 들렀다고 적어 주었다.

　남자는 하인을 불러 쪽지를 전하게 했다. 나는 긴 복도를 통과하는 하인의 발자국 소리 하나하나에 귀를 기울였다. 기다리는 시간이 무척이나 난처했다.

　벽에는 후작 집안의 조상들을 그린 초상화가 쭉 걸려 있었다. 잘 차려입은 기사와 전통 의상을 입은 귀부인 사이에 하얀 수녀 복장을 한 여인이 붉은 십자가를 가슴에 늘어뜨리고 있었다.

　이제까지 초상화를 수도 없이 보았지만 그림 속 인물의 가슴에서도 한때 인간의 심장이 뛰었으리란 생각을 단 한 번도 해 보지 않았었다. 그런데 이번에는 그들의 모습에서 수많은 얘기들을 읽을 수 있었다. 그들 모두가 나를 향해 말하는 듯했다.

　"우리도 한때 살아 있었소. 우리도 한때 고통을 받았다오."

　지금 내 가슴속에 감춰진 비밀이 이 금속 액자 안에도 감춰져 있으리라. 흰 복장 위의 붉은 십자가는 그녀의 가슴속에도 지금 내 안에서 일고 있는 갈등이 있었다는 증거이리라. 이런 생각을 할 때쯤 그들 모두가 나를 애처롭게 보는 듯했지만 이내 다시 거만한 표정을 지으며 "너는 우리와 어울릴 수 없어!"라고 말하는 것 같았다.

기다리는 시간이 더욱 난처하게 느껴졌다. 바로 그때 조심스럽고 나지막한 발걸음 소리가 들렸고 나는 꿈에서 깨어났다. 계단을 내려온 영국인 하녀가 나를 방으로 안내했다. 혹시 그녀가 내 마음을 눈치채고 있을까 하여 안색을 살폈지만, 그녀의 표정은 태연하고 침착했다.

그녀는 나지막한 목소리로 마리아의 몸이 예전보다 훨씬 좋아졌고 삼십 분쯤 뒤에 만날 수 있을 거라고 전했다.

수영을 잘하는 사람은 먼 바다까지 헤엄쳐 나가고 점차 힘이 떨어져 팔을 젓기가 버거워졌을 때 비로소 되돌아올 생각을 한다. 해안 쪽을 바라볼 겨를도 없이 황급히 파도를 가르며 필사적으로 팔을 젓는다.

팔의 힘이 점점 빠지는 걸 느끼지만, 무뎌진 손발을 무의식적으로 계속 저으며 자신이 처한 사태를 의식할 힘조차 없을 때까지 쉼 없이 헤엄을 친다. 그러다 갑자기 그의 발이 땅에 닿고 팔이 해안의 바위를 끌어안게 되는 것이다. 영국인 하녀의 말을 들었을 때 내 기분이 꼭 그랬다. 새로운 현실이 나를 맞이하고 있었다.

나의 괴로움은 꿈이었다. 살면서 이런 순간을 맞는 경우는 매우 드물다. 이런 순간에 느끼는 환희를 모르는 사람들도 많다. 그러나 첫아이를 낳아 처음으로 팔에 안은 어머니, 전쟁에서 이름을 떨치고 개선하는 외아들을 맞는 아버지, 국민들의 갈채를 받는 시인, 애인에게 사랑의 손을 내밀었을 때 그보다 더 큰 사랑의 응답을 받은 청년…….

그들은 꿈이 이루어졌을 때의 환희를 안다.

삼십 분쯤 지나자 하인이 와서 긴 복도 끝에 있는 방으로 나를 안내했다. 문이 열리자 저녁의 희미한 빛 속에서 새하얀 그녀의 모습이 드러났다. 그녀 뒤편의 높다란 창으로 호수와 산이 흐릿하게 보였다.

"참 묘하게도 사람들은 서로 만나게 되어 있다니까."

그녀의 목소리가 밝게 울렸다. 한 마디 한 마디가 무더운 여름날에 쏟아지는 시원한 빗방울 같았다.

"묘하게 만나지만, 묘하게 헤어지기도 하지."

나는 그녀의 손을 잡으며 말했고, 우리가 함께였고 다시 함께하게 되었음을 느꼈다.

"하지만 헤어짐은 인간의 잘못이야."

마치 음악처럼 그녀의 목소리가 잔잔하게 퍼졌다.

"그래, 그건 맞는 말이야. 그나저나 몸은 좀 어때? 이렇게 이야기를 나눠도 괜찮은 거야?"

내가 물었다.

"알다시피 나야 늘 아프지 뭐."

그녀가 미소를 지으며 대답했다.

"내가 좀 괜찮아졌다고 말하는 건 순전히 의사 선생님을 위해서 하는 말이야. 그분은 내가 태어나서 여태까지 살아 있는 게 오로지 당신의 의술 덕분이라고 생각하거든.

이곳으로 요양을 떠나기 전날 밤에 의사 선생님은 나 때문에 굉장히 놀랐었어. 심장이 갑자기 멈춰 내가 죽었다고 믿을 정도였으니까. 하지만 다 지나간 일이고 그걸 굳이 얘기해서 뭐하겠어? 내가 걱정하는 건 단 하나뿐이야. 나는 줄곧 편안하게 눈을 감을 거라 믿었는데, 병 때문에 힘들게 세상을 떠날 수도 있겠다는 생각이 문득 들었어."

그녀는 손을 가슴에 올리고 잠시 멈췄다가 다시 말을 이었다.

"그런데 어디에 갔었어? 왜 한 번도 소식을 전하지 않았어? 네가 여행을 떠난 이유를 의사 선생님이 이것저것 많이 늘어놓았지만, 오히려 의구심만 커졌지 뭐야. 그랬더니 급기야 나중에는 정말 믿기 어려운 이유를 대지 않겠어. 어떤 이유였는지 알아? 글쎄……."

"믿기 어려워 보이게 하고 싶었겠지."

나는 재빨리 끼어들어 그녀의 말을 막았다.

"그리고 의사 선생님은 그저 사실을 말한 것뿐일 거야. 아무렴 어때, 다 지난 일인걸. 지금 와서 얘기해 봐야 무슨 소용이겠어."

"그렇지 않아. 어째서 그게 지난 일이란 거지? 마지막에 의사 선생님이 댄 이유를 들었을 때, 나는 너도 의사 선생님도 이해할 수가 없었어.

나는 병들고 버림받은 가엾은 사람이야. 서서히 죽어가는 것이 이 세상에서의 내 삶이니까. 의사 선생님의 말씀처럼 하늘이 나를 이해해 주고 사랑해 주는 사람들을 내게 보냈다면, 어째서 의사 선생님은 나와 그들의 평화를 훼방하려는 거지?

의사 선생님이 너의 여행에 대해 얘기할 때, 나는 내가 좋아하는 워즈워스의 시를 읽고 있었어. 그래서 의사 선생님에게 이렇게 말했지.

'우리는 너무나 많은 생각을 지니고 있지만 그것을 표현할 어휘는 너무나 적어요. 그래서 말 한마디에 여러 생각이 담기게 되죠.

만에 하나 그 젊은 친구가 나를 사랑하고 나도 그를 사랑한다는 말을 다른 사람들이 듣는다면, 그들은 아마 로미오가 줄리엣을, 혹은 줄리엣이 로미오를 사랑하고 있구나, 하고 생각하게 될 거예요.

우리의 사랑이 정말로 그런 사랑이라면, 그런 사랑은 옳지 못하다는 선생님의 말씀이 맞을 거예요.

그렇지만 선생님, 선생님도 나를 사랑하고 저도 선생님을 좋아해요. 이미 여러 해 전부터 선생님은 내게 사랑한다는 말을 하지 않았지만, 그것 때문에 마음 상하거나 불행하다고 느낀 적은 한 번도 없었어요.

말이 나온 김에 몇 마디만 더 할게요. 선생님은 나와 불행한 사랑을 하고 있어요. 그래서 나의 젊은 친구를 질투하고 계신 거예요. 선생님은 내가 괜찮아진 걸 알면서도 아침마다 나를 방문해서 몸이 어떠냐고 꼭 물으셨어요. 정원에서 가장 예쁜 꽃도 꺾어 오셨죠. 내 사진을 갖고 싶다는 말씀도 하셨고요.

이 말까지는 안 하려고 했는데, 지난 일요일에 내 방에 들어오셨을 때 선생님은 내가 잠든 줄 아셨죠? 잠을 자고 있기는 했어요. 꼼짝도 할 수가 없었으니까요. 그렇지만 선생님이 한참 동안 내 침대 옆에 앉아 나를 내려다보고 계시다는 걸 알고 있었어요. 얼굴을 비추는 햇빛처럼 선생님의 시선을 느낄 수 있었어요. 나를 내려다보는 선생님의 눈에 눈물이 고이고 이내 뺨을 타고 흐르는 걸 알고 있었어요.

선생님은 두 손으로 얼굴을 가린 채 흐느끼면서 마리아, 마리아, 하고 내 이름을 부르셨어요. 선생님, 나의 젊은 친구는 그렇게까지 하지 않았어요. 그런데도 선생님은 그 친구를 멀리 떠나게 하셨군요.'

예의를 차리며 반은 예사롭게 반은 진지하게 이런 얘기를 했을 때, 의사 선생님은 몹시 괴로워하셨지. 그분은 어린아이처럼 아무 말도 못 하고 부끄러워하셨어. 나는 읽고 있던 워즈워스의 시집을 다시 들며 이렇게 말했어.

'이건 내가 진심으로 좋아하는 한 늙은 시인의 시집이에요. 이 시인은 나의 마음을 잘 이해하고 나도 이 시인을 이해하고 있어요. 하지만 우리 둘은 만난 적도 없고 앞으로도 만날 기회는 없을 거예요. 이 세상의 삶이 다 그렇죠.

이 시인의 시를 하나 읽어 드릴게요.

시를 들으시면 선생님도 사랑하는 법을 깨닫게 되실 테고, 사랑하는 남자가 사랑하는 여자의 머리를 쓰다듬으며 조용히 축복하고 행복한 슬픔을 간직한 채 길을 떠나는 것이 어째서 사랑인지 아시게 될 거예요.'

그런 다음 워즈워스의 '고지의 소녀'를 읽어 주었어.

이쪽으로 등을 옮겨 와 이 시를 다시 읽어 줄래? 나는 이 시를 들을 때마다 기분이 좋아지거든. 시의 분위기가 마치 고요하고 끝없는 저녁노을이 눈 덮인 산의 순결한 품에서 사랑과 축복의 손을 펼치는 느낌이야."

나의 영혼을 울리는 그녀의 느리고 잔잔한 목소리를 듣고 있노라면 나의 가슴도 느리고 잔잔해졌다. 태풍을 지나온 그녀의 모습은 은색 달처럼 사랑이라는 나의 잔잔한 물결 위에 떠 있었다.

사랑의 파도는 모든 이의 가슴을 통과하여 흐르고, 그래서 모두가 자기 것이라고 부르지만 사랑은 전 인류에게 생명을 주는 맥박인 것이다.

나는 눈앞에 넓게 펼쳐져 있고 서서히 어두워져 가는
대자연처럼 아무 말도 하지 않은 채 조용히 있고 싶었다.
하지만 그녀가 건넨 책을 그냥 읽어 내려갔다.

고지의 소녀
윌리엄 워즈워스

사랑스런 고지의 소녀여,
이 지상에서 그대가 갖는 보물은 넘치는 아름다움!
칠 년이 두 번 지난 삶의 모든 재산을
아낌없이 그대 머리에 뿌렸구나.
여기 회색의 바위, 저기 정겨운 잔디,
면사포를 반쯤 드리운 나무,
잔잔한 호숫가에서 종알대는 폭포수,
작은 계곡, 그대의 안식처를 아늑하게 감싸는 조용한 시골길,
그리고 현실 속의 그대는 꿈이 만들어 낸 마법 같구나.
지상의 번뇌가 잠들었을 때
숨어서 내다보는 그 모습!
그대, 아름다운 이여!

비록 그림자라 할지라도
천국같이 빛나는 현실의 빛으로
나, 그대에게 마음속 깊이 축복을 보내노라.
이 세상 떠날 때까지 그대 곁에 신의 가호 있기를.
나, 그대 모르고 그대의 친구 또한 그대 모르나
내 눈에 눈물 가득 고이누나.

그대와 멀리 헤어져 있을 때,
나, 그대 위해 진실한 기도드리리.
맑고 깨끗한 얼굴, 가족 같은 친근함,
천진함이 묻어나는 모습,
나, 그 누구에게서도 보지 못하였으니.
바람에 날리어 흩어진 씨앗처럼
사람들과 멀리 떨어져 사는 그대,
부끄러워 어쩔 줄 모르는
소녀의 수줍은 얼굴은 필요 없구나.
그대의 반듯한 이마에는
산 사람의 자유로움이 깃들었고
기쁨 가득한 그 얼굴!

상냥하고 부드러운 그 미소!
그대의 인사에 정중히 답하는
완벽한 예의범절조차 흔들어 놓는구나.
마음속에 떠오른 갑작스럽고 격렬한 생각을
언어로 다 표현할 수 없는 곤욕,
아름답게 인내해 온 구속,
그대 몸짓에서 배어나는 우아함과 생기!
바람을 열렬히 사랑하는 새들이
바람을 맞으며 날개를 퍼덕이는 것처럼
나, 감동하지 않을 수 없구나.

그토록 아름답고 순결한 그대에게
꽃다발을 바치고 싶지 않은 사람 어디 있으랴.
꽃향기 가득한 계곡에서 그대와 함께 지낸다면
오, 얼마나 아름다운 행복이랴!
나, 그대를 따라 소박하게 입고 행동하여
나, 목동 되고 그대 목녀 되면 얼마나 기쁘랴!
그러나 엄격한 현실 그 이상의 소원을 품은 것일 뿐,
그대는 지금 내게 있어

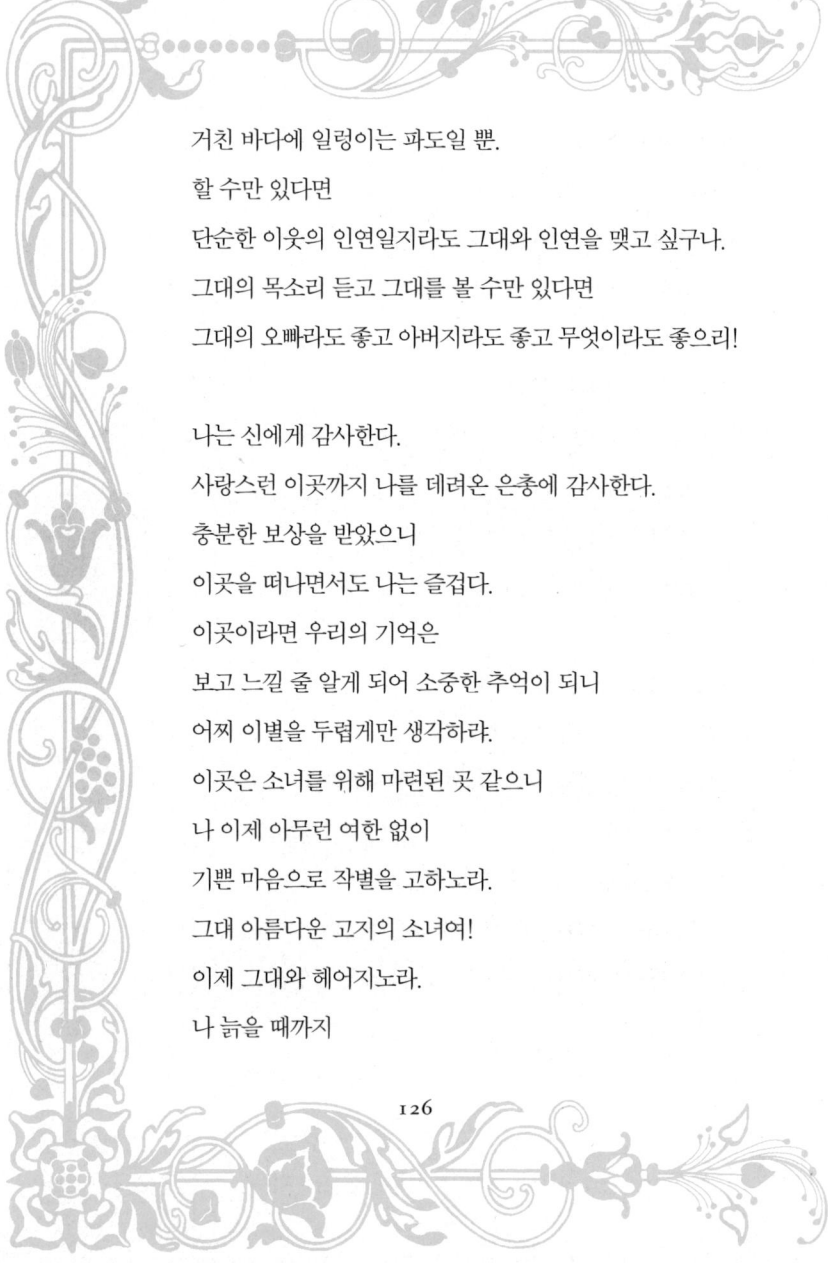

거친 바다에 일렁이는 파도일 뿐.

할 수만 있다면

단순한 이웃의 인연일지라도 그대와 인연을 맺고 싶구나.

그대의 목소리 듣고 그대를 볼 수만 있다면

그대의 오빠라도 좋고 아버지라도 좋고 무엇이라도 좋으리!

나는 신에게 감사한다.

사랑스런 이곳까지 나를 데려온 은총에 감사한다.

충분한 보상을 받았으니

이곳을 떠나면서도 나는 즐겁다.

이곳이라면 우리의 기억은

보고 느낄 줄 알게 되어 소중한 추억이 되니

어찌 이별을 두렵게만 생각하랴.

이곳은 소녀를 위해 마련된 곳 같으니

나 이제 아무런 여한 없이

기쁜 마음으로 작별을 고하노라.

그대 아름다운 고지의 소녀여!

이제 그대와 헤어지노라.

나 늙을 때까지

초록에 묻힌 저 조그만 오두막이나

호수, 계곡, 물보라 이는 폭포,

그리고 이 모든 것의 정령인 그대

지금 내 눈에 보이듯

변함없이 아름다우리라는 것을 알고 있기에!

나는 읽기를 마쳤다. 이 시는 예전에 내가 종종 나뭇잎으로 떠서 마셨던 시원한 샘물 같았다. 그때 그녀의 목소리가 다시 들렸다. 그녀의 음성은 기도 중에 잠든 나를 깨우던 교회 오르간 소리 같았다.

"나는 너와 의사 선생님이 이 시에 나오는 것처럼 나를 사랑해 주기를 바랐어. 이 시에서처럼 우리가 서로 사랑하고 신뢰하기를 원했지.

비록 세상을 잘 알진 못하지만, 아무래도 이 세상은 그런 사랑이나 신뢰를 인정해 주지 않는 모양이야. 그리고 얼마든지 행복하게 살아갈 수 있는 세상임에도 불구하고 사람들은 세상을 우울한 곳으로 만들고 있어.

하지만 옛날에는 좀 달랐나 봐. 옛날에도 지금 같았다면, 호머는 '나우시카'처럼 아름답고 건강하고 온화한 인물을 만들어 내지 못했을 테니 말이야.

　나우시카는 오디세우스를 보고 첫눈에 반해 사랑하게
되었지. 그리곤 친구들에게 '저 남자가 나의 남편이 되어
여기서 함께 살면 좋겠어.'라고 속마음을 고백했어.

　하지만 오디세우스에게는 부끄러워하며 '당신처럼 멋
진 이방인을 집으로 데려가면 사람들은 남편감을 데려온
다고 생각할 거예요.'라고 말했지.

　정말 순수하면서도 자연스럽지 않니? 그렇지만 오디세
우스가 고향으로 돌아가고 싶다고 했을 때, 그녀는 한마
디 불평도 없이 어디론가 떠나 버렸지. 아마 그녀는 늠름
하고 멋진 이방인의 모습을 영원히 마음속에 간직한 채
조용히 즐겁게 찬미하며 회상했을 거야. 왜 요즘 시인들
은 이런 사랑을 모를까? 즐거운 고백과 고요한 이별을 말
이야.

　근대의 어느 시인은 나우시카에서 '베르테르'라는 인물
을 만들었어. 요즘 우리에게 사랑이란 결혼이라는 희비극
의 서곡에 지나지 않으니까. 정말 그런 사랑밖에는 없는
걸까? 순수한 사랑의 샘은 완전히 말라 버린 걸까? 우리
를 취하게 하는 술 같은 사랑이 아니라 신선한 원기를 주

는 샘 같은 사랑이 있다는 건 모르는 걸까?"

이 말에 워즈워스의 시구가 떠올랐다.

이 믿음이 하늘에서 온 거라면
이것이 자연의 성스러운 계획이라면
사람이 사람을 어떻게 만들어 놓든
탄식할 이유가 없다네.

"시인들은 얼마나 좋을까!"

그녀의 말이 계속되었다.

"그들의 시는 수많은 벙어리 영혼들의 가슴속 깊은 감
정을 표현해 주잖아. 뿐만 아니라 달콤한 비밀을 고백할
때도 정말 자주 이용되잖니. 시인의 심장은 불행한 사
람과 행복한 사람 모두의 가슴에서 뛰기에 행복한 사람
은 시인과 함께 노래 부르고 불행한 사람은 시인과 더불
어 우는 거야. 하지만 워즈워스만큼 나의 감정을 그대로
표현해 주는 시인은 없는 것 같아.

워즈워스를 좋아하지 않는 친구들도 있는데, 그가 시어
를 사용하지 않기 때문에 시인이 아니라는 거야. 하지만

나는 오히려 워즈워스가 시적 과장을 버리고 미사여구나 허황된 시적 감동을 멀리하기 때문에 더 좋아하는 거야.

워즈워스의 시는 진솔하고 낱말 하나에 다 담을 수 없는 그 무엇을 담아내지. 그는 우리로 하여금 초원에 피어 있는 들국화 같은, 그냥 발밑에 밟히는 아름다움에 눈을 뜨게 하는 거야.

그는 만물의 본래 이름을 그대로 부르고 아무도 놀라게 하거나 현혹시키려 들지 않아. 감탄을 자아내려 애쓰지도 않지. 그는 사람들의 손에 아직 휘거나 꺾이지 않은 모든 것들이 얼마나 아름다운지 알려 주고 있어.

금반지에 박힌 진주보다 풀잎에 맺힌 이슬방울이 훨씬 아름답지 않니? 어딘지 모를 곳에서 졸졸 흘러내리는 맑은 시냇물이 베르사유 궁전의 분수보다 훨씬 훌륭하잖아.

워즈워스의 '고지의 소녀'는 괴테의 '헬레나'나 바이런의 '하이디'보다 더 사랑스럽고 아름다운 것 같아. 그가 쓰는 어휘의 평범함과 친근함, 그리고 그 안에 담긴 순수한 사상…….

독일에 이만한 시인이 없다니 참 애석한 일이지 뭐야. 실러가 고대 그리스와 로마 사람들에게 의존하기보다 자신을 더 신뢰했더라면 독일의 워즈워스가 되지 않았을까 싶어. 뤼케르트 역시 가엾은 조국을 배반하고 동방의 장미꽃에서 위안과 고향을 구하지 않았더라면 워즈워스에 가장 가까운 시인이 되었을 텐데 말이야. 본연의 자신을 솔직하게 드러낼 용기를 가진 시인은 매우 드문데, 워즈워스는 그런 용기를 지니고 있었어.

우리는 위대한 사람들의 말에 기꺼이 귀를 기울이잖아. 위대한 말이라서가 아니라, 보통 사람들이 하듯 서서히 생각을 발전시키고 끝없는 전망을 볼 수 있는 새로운 마음의 눈을 뜰 때까지 참을성 있게 기다렸음을 알기 때문이지.

그래서 나 역시 누구나 할 수 있는 말이 담긴 워즈워스의 시를 더욱 좋아하는 거고. 위대한 시인은 늘 여유롭지. 호머의 시를 읽다 보면 아름다움이라고는 전혀 없는 절이 백 줄씩 계속되는 부분이 있어. 단테 역시 마찬가지고. 모두가 핀다로스 같은 시인을 높이 평가하지만 나는 그 시인의 열광적인 문구 때문에 오히려 신뢰를 잃었어.

아무리 힘들더라도 언젠가는 꼭 호수 지방에서 여름을 보내며 워즈워스가 시에서 노래한 장소들을 일일이 찾아가, 그의 시 덕분에 도끼날을 면한 나무들을 직접 보고 싶어. 단 한 번이라도 좋으니 워즈워스가 노래했고 터너 같은 화가만이 그려 낼 수 있었던, 저 멀리 해가 지는 광경을 바라보고 싶어."

질문이 아닌 이상 보통 사람들은 대개 말끝을 내리는데 반해 그녀는 특이하게도 항상 말끝을 올렸다.

그녀의 어조는 흡사 어린아이가 '아빠, 그렇죠?' 하고 물을 때와 같았다. 뭔가 간청하는 것 같은 느낌이 묻어나기 때문에 그녀의 말은 부정하기가 어려웠다.

"나도 워즈워스가 좋은 시인이라고 생각해. 좋은 시인이라기보다는 좋은 사람이지. 기진맥진 힘겹게 오른 몽블랑보다 가볍게 산책하듯이 오른 동산이 더 아름답고 풍성하고 생생한 경치를 보여 줄 때가 있는데, 워즈워스의 시가 바로 그런 동산 같아.

나도 처음에는 그의 시가 너무 평이해서 읽다만 경우가 종종 있었고 영국의 지식층이 어째서 이런 시를 그렇게 높이 평가하며 극찬하는지 의아했었어.

하지만 어느 나라 시인이든 그 나라 국민과 지식층으로부터 인정받는다면, 우리도 그의 시를 읽고 감동할 수 있을 거라는 확신이 들었어. 감동이라는 것도 배워야 하는 기술이거든.

독일인들은 종종 라신이 마음에 안 든다고 하고, 영국인들은 괴테가 이해하기 어렵다고 하고, 프랑스인들은 셰익스피어를 광대라 부르는데, 그게 결국 무슨 뜻인지 알아? 그건 마치 어린아이가 '난 베토벤의 교향곡보다 왈츠가 더 좋아.'라고 말하는 것과 같은 거야.

사람들이 위대한 인물의 무엇에 감동하는지 알아내고 이해하는 기술을 배워야 해. 미를 추구하는 사람은 결국 알게 될 터인데, 페르시아 사람들조차도 그들의 하피즈를 잘못 이해하고 있고 인도 사람들조차도 그들의 칼리다사를 제대로 알지 못해. 위대한 사람을 단번에 이해하기란 어려운 거니까. 그들을 이해하기 위해서는 힘과 용기와 인내가 필요한 법이지. 첫눈에 맘에 든 것은 이상하게도 그 매력이 오래가지 못하잖아."

"하지만!"

그녀가 내 말을 끊었다.

"페르시아 사람이든 인도 사람이든 기독교도든 이교도든 로마인이든 게르만족이든, 모든 시인, 예술가, 영웅들,

위대한 인물들에게는 뭐라 설명해야 좋을지 모르겠지만 아무튼 뭔가 공통점이 있어. 그들 뒤에는 어떤 무한한 것이 배경처럼 있는 것 같아. 영원을 보는 눈, 사소하고 순간적인 것을 신성한 것으로 만드는 힘을 지닌 것 같아. 위대한 이교도 괴테는 '하늘로부터 오는 감미로운 평화'를 알고 있었지.

> 봉우리마다에
> 안식이 깃들고
> 모든 나뭇가지 사이에
> 너 숨을 죽였다.
> 작은 새들 숲 속에서 말을 그쳤으니 기다려라.
> 너 또한 안식을 취하리니.

그가 이렇게 노래할 때, 전나무 위로 무한히 펼쳐진 넓은 하늘에는 지상의 삶이 주지 못하는 안식이 가득했을 것 같지 않아? 워즈워스는 이런 특별한 배경에서 벗어난 적이 없었어. 특별한 눈과 힘을 늘 가지고 있었지. 그를 비웃는 사람들이 뭐라고 하든, 인간의 마음을 강하게 자

극하고 깊이 감동시키는 것은 오직 베일에 싸여 있는 초
월적인 것뿐이야.

지상의 아름다움을 미켈란젤로보다 잘 이해한 사람이
과연 있을까? 그에게 지상의 아름다움은 곧 초월적인 아
름다움의 반영이기 때문에 그렇게 잘 이해할 수 있었던
거야. 그의 '소네트'를 너도 알고 있지?"

소네트
미켈란젤로

아름다움이 나를 몰아 하늘을 향하게 한다.
(세상에 내 마음에 드는 것이 아름다움 말고 무엇이 있으리)
그러면 나는 현존의 몸으로 영의 전당으로 들어선다.
죽어야만 하는 인간에게 이 얼마나 드문 축복이랴!
작품 안에는 이렇듯 창조주가 자리하고 있어,
나는 작품의 영감을 받아 창조주를 향한 순례의 길을 떠
난다.
아름다움에 취한 내 마음을 움직이는,
그 숱한 생각들을 형태로 만들기 위하여.

이렇듯 나는 알고 있다, 내 저 아름다운 눈에서 시선을 떼
지 못함은,
신의 낙원으로 가는 길을 비추는 광채가
그 눈에 깃들어 있기 때문임을.

그 눈의 광채를 받아 나의 가슴이 타오르면
내 고귀한 불꽃 속에는
하늘을 다스리는 온화한 기쁨이 찬연히 반영된다.

그녀는 기운을 잃었는지 더는 아무 말도 하지 않았다.
나는 그녀의 침묵을 깰 수가 없었다. 솔직하게 속마음을
다 털어놓은 뒤 흡족한 마음으로 침묵하는 상태를 사람
들은 종종 '천사가 하늘을 날고 있는 것'에 비유하는데,
실제로 평화와 사랑의 천사가 내 머리 위에서 날고 있는
듯했고 천사의 작은 날갯소리가 들리는 듯했다.

그녀를 바라보고 있노라면, 여름 저녁놀 속에서 그녀의
몸이 빛나는 천사로 변하는 듯했다. 내가 잡고 있는 그녀
의 손만이 그녀가 현실의 존재임을 확인시켜 주었다.

그때 갑자기 밝은 빛 한 줄기가 그녀의 얼굴 위에 쏟아

졌고 그녀는 그 빛에 눈을 떠 나를 의아하게 바라보았다. 반쯤 감긴 눈꺼풀 아래 베일에 싸인 듯 신비로운 그녀의 눈이 밝게 빛났다.

나는 주변을 둘러보았다. 밝은 달이 성 주변의 두 언덕 사이로 서서히 떠올라 아름다운 미소로 호수와 마을을 비춰 주었다. 자연이 이렇게 아름다워 보이긴 처음이었다. 그녀의 아름다운 얼굴이 이토록 사랑스러워 보이기는 처음이었다. 이처럼 행복한 평화가 내 영혼을 감싸긴 처음이었다.

"마리아!"

나도 모르게 그녀의 이름을 부르고 말았다.

"이렇게 정화된 순간에 지금 이대로의 모습으로 내 모든 사랑을 고백하게 해 줘. 초월을 가장 가까이 느끼고 있는 바로 이 순간에 우리 두 사람의 영혼을 하나로 묶어 다시는 헤어지지 않게 하자. 사랑이 무엇이든 나는 마리아를 사랑하고 있어. 너는 내 것이고 나는 네 것이니까."

나는 그녀 앞에 무릎을 꿇은 채 감히 그녀의 눈을 바라보지도 못하고 있었다. 나의 입술이 그녀의 손에 키스했다. 그녀는 잠깐 망설이더니 결단을 내린 듯 급히 손을 거

두어들였다. 나는 고개를 들어 그녀를 보았다. 그녀는 고통 어린 표정으로 한참을 말없이 있더니 깊은 한숨과 함께 몸을 일으키며 입을 열었다.

"오늘은 이만하자. 넌 내게 고통을 주었어. 하지만 그건 다 내 탓이야. 창문 좀 닫아 줄래? 낯선 사람의 서늘한 손이 내 몸에 닿는 것처럼 소름이 돋아서 그래……. 내 곁에 있어 줘……. 아니, 안 되겠구나…….

돌아가야 하지? 안녕……. 잘 가. 신의 평화가 언제까지나 우리와 함께하기를 기도해 줘. 또 보자……. 또 볼 수 있는 거지? 내일 저녁……. 기다릴게."

아아, 천국과 같은 평화로움은 별안간 어디로 사라진 걸까! 나는 그녀가 아파하는 모습을 보았다. 하지만 내가 할 수 있는 일이라곤 고작 서둘러 방에서 나와 영국인 하녀를 부른 뒤 시골 밤길을 터벅터벅 걸어오는 것뿐이었다.

나는 한참 동안 호숫가를 서성였다. 방금 전까지 그녀와 함께 머물렀던 창을 하염없이 바라보았다. 마침내 성의 마지막 불빛이 꺼졌고 달은 점점 높이 올라 첨탑과 창과 성벽의 장식 하나하나를 신비롭게 밝히고 있었다.

고요한 밤의 세계에 나는 홀로 서 있었고 나의 머리는

제 임무를 거부하고 있는 듯했다. 어떤 생각을 해도 결론에 닿을 수 없었다. 나는 이 세상에 완전히 혼자 버려졌고 어느 누구도 나를 상대해 줄 것 같지 않았다. 지구는 관과 같았고, 어두운 하늘은 관 뚜껑 같아 내가 살았는지 죽었는지 알 수가 없었다.

바로 그때 조용히 반짝이며 자기 궤도를 돌고 있는 별들이 눈에 들어왔다. 별들은 오직 인간을 비춰 위로해 주기 위해 존재하는 듯했다. 어두운 하늘에 무작정 떠오른 별 두 개를 상상해 보았다. 순간 나도 모르게 감사의 기도가 가슴으로부터 흘러나왔다.

수호천사의 사랑에 대한 감사의 기도가!

Last Memory

The dead thoughts rise again

Last Memory

마지막 회상

잠에서 깨 창밖을 보니 태양은 벌써 산 위로 떠올라 방을 훤히 비추고 있었다. 저 태양이 어제저녁 이별을 고하는 친구처럼 머뭇거리며 우리 두 영혼의 결합을 축복하려는 듯 고요히 지켜보다, 이내 사라지는 희망처럼 저물어 간 바로 그 태양이란 말인가.

그렇지만 지금 내 방을 비추는 태양은 눈을 반짝거리며 방으로 뛰어 들어와 즐거운 축제를 축하하는 어린아이 같다.

그렇다면 지금의 나는, 몸과 마음이 모두 무너진 채 침대에 파묻혀 있던 몇 시간 전의 나와 똑같은 나란 말인가. 그렇지만 지금의 나는 예전의 활기를 되찾았고 신과 나

자신에 대한 신뢰감으로 아침 공기처럼 맑고 생기 있는 정신을 가졌다.

잠이라는 것이 없다면 인간은 어떻게 될까? 우리는 밤의 정령이 우리를 어디로 끌고 가는지 모른다. 밤의 정령이 우리의 눈을 감겼다가 아침에 다시 뜨게 하리라는 것을 누가 장담할 수 있단 말인가. 최초의 인간이 이 낯선 친구의 손에 몸을 맡겨야 했을 때, 그는 아마도 대단한 용기와 깊은 믿음이 필요했으리라.

인간의 본성에는, 우리가 믿어야 하는 것을 믿게 하고 그것에 몸을 맡기게 하는 거부할 수 없는 어떤 힘이 들어 있는 듯하다. 그렇지 않다면 아무리 피곤하더라도 스스로 눈을 감은 채 알 수 없는 꿈나라로 발을 들여놓을 수는 없었으리라. 나약하고 지쳤다는 생각이 우리를 이끌어 보다 높은 힘에 의지하게 하고 천지만물을 다스리는 아름다운 질서에 참여시키는 것이다. 그렇기 때문에 깨어 있을 때나 잠들었을 때, 비록 짧은 시간일지라도, 지상의 자아에 묶여 있는 우리의 영원한 자아를 자유롭게 풀어 주면 우리는 기운을 얻고 생기를 느끼는 것이다.

몽롱한 밤안개처럼 내내 어둡기만 하던 나의 머릿속이

별안간 맑아졌다. 나와 마리아가 서로에게 속해 있음을 나는 느꼈다. 형제자매의 관계든, 부모와 자식의 관계든, 부부 관계든, 여하튼 우리 두 사람은 영원히 헤어져서는 안 되는 관계였다. 우리의 관계를 유지하기 위해서는 우리의 불완전한 언어가 '사랑'이라 부르는 것에 대한 진짜 이름을 찾아내야 한다.

그대의 오빠라도 좋고 아버지라도 좋고 무엇이라도 좋으리!

'무엇이라도' 되겠다는 말로는 부족하다. 이 세상은 이름이 없는 것을 인정하지 않으므로 '무엇'에 붙일 이름을 찾아내야 한다.

그녀 자신도 나를 사랑한다고 하지 않았던가. 모든 사랑의 원천인 순수한 인간애로 나를 사랑한다 하지 않았던가! 그렇다면 내가 모든 사랑을 바치겠노라 고백했을 때, 그녀는 어째서 놀라고 당황했을까? 그렇더라도 우리 두 사람의 사랑에 대한 나의 믿음은 흔들리지 않는다.

자기 마음조차 이해하지 못하면서 우리는 어찌하여 모

든 사람의 마음을 이해하려 애쓰는 것일까? 자연이든 사람이든, 우리의 마음을 사로잡는 것은 바로 '이해할 수 없는 것'뿐이다.

해부 모형처럼 속속들이 이해가 되는 인간은 소설 속의 허다한 인물처럼 우리를 냉담하게 만든다. 그리고 모든 것을 설명하려 들며 마음속의 신비를 모두 거부하는 윤리적 합리주의는 삶에서 혹은 사람에게서 얻는 기쁨을 망친다.

누구에게나 설명할 수 없는 어떤 것이 있기 마련이다. 우리는 그것을 운명, 영감, 기질 등으로 부른다. 어떤 경우든 인간의 행동을 남김없이 설명할 수 있다고 믿는 사람은 자신을 모르는 것은 물론이고 일반적인 인간에 대해서도 모르는 사람이다.

어젯밤 나를 절망하게 했던 모든 일들에 대해 나는 스스로를 위로했다. 그리고 마침내, 내 미래의 하늘을 흐리게 할 먹구름은 한 조각도 남지 않았다.

한결 가벼워진 기분으로 비좁은 집에서 넓은 밖으로 나왔을 때, 어떤 사람이 편지 한 장을 내게 전해 주었다. 예쁘고 차분한 필체로 보아 편지는 다름 아닌 사랑하는 마

리아로부터 온 것이었다. 나는 숨 돌릴 겨를도 없이 뜯어
보았다. 인간이 바랄 수 있는 최대의 행복이 그 안에 들었
으리라 기대하면서……. 그러나 기대는 산산이 부서지고
말았다.

편지에는 내일 고향에서 손님이 오기로 했으니 방문하
지 말라고 적혀 있었다. 안부를 묻는 다정한 말 한마디 없
었고 그녀의 안부를 전하는 말도 없었다. 다만 추신으로
"내일은 의사 선생님이 오기로 한 날이야. 그러니까 모레
에."라고 남겼을 뿐이었다.

이것은 인생의 책에서 느닷없이 이틀 분량을 찢어 내
버리는 것이었다. 이틀을 찢어 내 버리면……. 아니, 그럴
수는 없었다. 그 이틀은 감옥의 함석지붕처럼 내 머리 위
에 걸려 있었다. 나는 그 지붕 아래에 살아야 했다. 이틀
보다 더 많은 나날을 옥좌에서 편안히 보낼 왕에게 혹은
사원 입구 돌 위에서 느긋하게 보낼 거지에게 적선하듯
그 지붕을 줘 버릴 수는 없지 않는가.

나는 잠시 생각에 잠겼고 이내 아침 기도를 떠올리며
혼잣말을 했다. 신에 대한 가장 큰 불신은 바로 절망이야.
아무리 하찮은 일일지라도, 아무리 대단한 일일지라도,

모두 위대한 신의 계획에 속하기 때문에 어떤 어려움이 있더라도 순종해야 하는 거야. 눈앞의 낭떠러지를 발견한 기사처럼 나는 힘껏 말고삐를 잡아당겼다. 이 또한 신의 뜻이 아니겠는가! 신이 만든 이 세상은 불평하고 투덜대는 곳이 아니다.

나는 속으로 힘껏 외쳤다. 그녀가 직접 쓴 편지를 손에 넣은 것만으로도 행복한 일이 아니겠는가. 그녀를 다시 만날 수 있으니 이보다 더 행복한 일이 무엇이겠는가. 영리하게 인생을 헤엄치는 사람들은 입을 모아 말한다.

"항상 머리를 물 밖으로 내놓아라. 그러나 힘이 빠져 눈과 입으로 물이 자꾸 들어온다면, 계속 머리를 밖으로 내기 위해 허우적거리는 것보다 차라리 물속으로 단번에 빠져 버리는 편이 낫다. 일상생활의 사소한 사건에서도 신의 뜻을 생각하고 인생에서 겪는 모든 고통을 신의 섭리라 여기는 것이 힘들다면, 삶을 의무로 받아들이지 말고 예술로 받아들여라."

그런 식으로 생각하면, 작은 일에도 뛸 듯이 기뻐하고 작은 고통과 실망에도 울며불며 투정하는 어린아이가 세상에서 가장 추한 존재란 말인가. 그러나 눈물 고인 눈에 금세 기쁨의 빛을 천진하게 낼 수 있는 어린아이보다 더 아름다운 존재는 없을 것이다. 그 모습은 마치 봄비에 파르르 떨다가도 햇빛이 눈물을 말려 주면 금세 다시 피어 좋은 향을 내는 꽃송이 같다.

나는 이내 달콤한 회상에 잠겼다. 내게 닥친 운명이야 어떻든 달콤한 회상 덕분에 이틀 동안 나는 그녀와 함께 지냈다. 나는 오래전부터 계획했던 대로, 그녀가 했던 사랑스러운 말들과 나를 깨우쳐 주었던 아름다운 생각들을 차곡차곡 적었다. 그렇게 나는 우리 두 사람이 함께했던 시간들을 회상하면서 그리고 한층 더 아름다울 미래를 희망하면서 이틀을 보냈다.

나는 그녀 곁에서, 그녀와 함께, 그녀 안에서 살았고 내가 그녀의 손을 잡았을 때 느꼈던 것보다 더 가까이 그녀의 마음과 사랑을 느꼈다.

그 이틀 동안 적은 글들이 지금 내게 얼마나 소중한가. 그녀가 했던 모든 말을 외우려는 듯 얼마나 많이 읽고 또 읽었던가. 그 글은 나의 행복을 증언해 준다. 말하지 않아도 천 마디 이상의 메시지를 전하는 친구의 눈길처럼, 그렇게 지긋이 나를 지켜본다.

지나가 버린 행복을 회상하는 것, 지나가 버린 괴로움을 회상하는 것, 우리를 속박했던 모든 것이 사라지는 먼 과거 속으로, 수년 전에 죽은 아들의 무덤 앞에 무너지는 어머니처럼 영혼이 무너지는 먼 과거 속으로 조용히 침잠하는 것, 어떤 희망과 소망도 조용한 침잠을 방해하지 못하는 회상, 그것을 사람들은 아마도 애수라고 부를 것이다. 그렇지만 그 애수 속에는 행복이 있다. 그런 행복은 오직 사랑과 고민을 뼛속 깊이 체험한 사람만이 알 수 있다.

시집올 때 머리에 썼던 면사포를 딸에게 씌워 주면서 오래전에 사별한 남편을 생각하는 어머니에게 기분이 어떠냐고 물어보라. 병들어 죽을 수밖에 없는 여인이 마지막 날에 사랑하는 남자에게, 어렸을 때 받아 이제는 다 시들어 버린 장미꽃을 되돌려 주었다면 그 장미꽃을 받아든 남자의 기분은 어떻겠는가. 어머니도 남자도 눈물을 흘릴 것이다. 그러나 그들의 눈물은 고통의 눈물도 기쁨의 눈물도 아니다. 그것은 헌신의 눈물이다.

인간은 헌신의 눈물을 흘리며 자신을 신에게 바치고, 신의 사랑과 지혜를 믿으며 자신이 가장 사랑하는 존재가 사라져 가는 것을 그저 묵묵히 바라볼 수밖에 없다.

이제 다시 회상으로, 과거의 현재로 돌아가자.

재회의 시간을 초조하게 기다려야 했던 이틀은 금세 지나갔다. 첫째 날에 나는 도시에서 온 마차와 기사 들이 성에 도착하는 걸 보았다. 성은 많은 손님들로 북적거렸다. 음악이 흘렀고 지붕 위에는 깃발이 나부꼈다. 호수에는 유람선이 떴고 남자들의 노랫소리가 물결 위로 들려왔다. 그녀가 창가에서 이 노래에 귀를 기울이고 있을지도 모른다는 생각에 나도 가만히 귀를 기울였다.

둘째 날에도 성은 떠들썩했다. 하지만 오후가 되자 손님들은 떠날 채비를 했고 밤이 되자 의사의 마차가 홀로 도시를 향해 떠나갔다. 지금쯤 그녀는 내 생각을 하며 곁에 와 주기를 바라고 있으리라. 그런데도 악수조차 하지 못하고, 이별의 고통을 말하지도 못하고, 내일 재회의 기쁨을 새로이 하자는 말도 하지 못하고 또 하룻밤을 보내야 한단 말인가! 저기 불 켜진 그녀의 방이 보인다.

왜 그녀는 혼자 있어야 하는가. 왜 지금 그녀를 만나면 안 되는가.

나는 벌써 그녀의 곁에 와 있었고 막 초인종을 누르려는 참이었다. 그때 나는 동작을 멈추었다. 기다리자. 약한 모습을 보여선 안 된다. 지금 그녀 앞에 나타나면 좀도둑이라도 되는 양 창피를 당할 수도 있다. 내일 아침 개선장군처럼 나타나자. 지금 그녀는 내일 개선장군에게 씌워줄 사랑의 화관을 만들고 있을 것이다.

아침이 왔고 나는 그녀에게 갔다. 현실의 그녀 곁으로. 육체가 없어도 정신이 존재할 수 있다고 말하지 말라. 완전한 존재, 완전한 의식, 완전한 기쁨은 정신과 육체가 합쳐졌을 때 비로소 가능하다. 그것은 육체적 정신이며 정신적 육체인 것이다. 육체가 없는 정신은 유령에 지나지 않으며 정신이 없는 육체는 시체일 뿐이다.

들에 핀 꽃에 정신이 없다고 할 수 있을까. 꽃은 자기를 지탱해 주고 생명과 존재를 준 신의 의지, 즉 창조주의 정신으로 세상을 본다. 그것이 바로 꽃의 정신인 것이다.

인간은 언어로 정신을 표현하지만 꽃은 침묵할 따름이다. 진정한 삶은 육체적 정신적 삶이고 진정한 향락은 육체적 정신적 향락이며 진정한 만남은 육체적 정신적 만남인 것이다. 이틀을 행복하게 했던 회상의 세계는 그녀를 만나자마자 그림자처럼 사라졌다.

나는 할 수만 있다면 그녀의 이마와 눈과 볼을 손으로 만져 그녀가 정말로 내 앞에 있는지 확인하고 싶었다. 밤낮으로 나의 마음속에 떠오르던 그녀의 환영이 아니라 참된 존재를, 나의 것은 아니지만 나의 것이어야 하고 나의 것이 되고자 하는 존재를, 내가 내 몸과 한 몸이라고 믿고 있는 존재를, 나로부터 멀리 떨어져 있지만 나 자신보다 더 가까운 존재를, 그것이 없으면 나의 생명은 이미 생명이 아니고, 나의 죽음 또한 죽음이 될 수 없으며 나의 슬픈 존재는 입김처럼 허공 속에 사라져 버릴 바로 그 존재를 나는 확인하고 싶었다.

이러한 나의 생각과 눈길이 그녀의 온몸으로 쏟아질 때, 그 순간 내가 존재하는 축복이 완성되는 듯했다. 온몸에 전율이 흘렀고 나는 죽음도 두렵지 않았다. '사랑'은 죽음에 파괴되지 않고 오히려 정화되고 승화되어 영원해지기 때문이다.

말없이 가만히 그녀와 마주하고 있는 순간은 참으로 아름다웠다. 그녀의 표정에는 그녀의 깊은 영혼이 고스란히 드러났다. 그래서 그녀의 얼굴만 봐도 그녀의 마음을 다 알 수 있을 것 같았다. 마음으로는 '정말 미안해!'라고 말하면서 입 밖에는 내지 않는 것 같았다.

'드디어 다시 만났네. 부탁이야, 화를 내진 말아 줘. 불평도 하지 말고 따지지도 말아 줘. 그냥 아무 말도 하지 말고 그저 반갑게 날 대해 주면 안 될까?'

그녀의 눈이 말하고 있었다. 그리고 우리는 감히 입을 열어 이 안락한 평화를 깰 엄두를 내지 못하고 있었다.

"주치의로부터 무슨 편지 못 받았어?"

이것이 그녀의 첫마디였고 한 마디 한 마디 말할 때마다 목소리가 떨렸다.

"아니."

내가 대답했다.

그녀는 잠깐 말없이 있다가 다시 입을 뗐다.

"차라리 잘됐어. 내가 직접 말하는 편이 좋을 것 같아.

있잖아⋯⋯ 우리가 만나는 것도 이제 오늘이 마지막이야.

우리 슬퍼하거나 화내지 말고 그냥 아무렇지도 않게 헤어지자. 내 잘못이 크다는 거 나도 알아. 악의 없이 무심코 분 부드러운 미풍이라도 꽃잎을 지게 할 수 있다는 걸

미처 깨닫지 못하고 너의 삶에 내가 끼어들고 말았어. 세상을 너무 몰랐던 거지.

병마에 시달리는 나 같은 사람이 너에게서 동정심 그 이상의 것을 받으리라고는 미처 생각하지 못했어. 그래서 스스럼없이 만나고 정을 나눴던 거야.

어려서부터 널 알았고 또 웬일인지 너와 함께 있으면 즐거웠거든. 솔직히 말하면 너를 사랑하고 있었어. 하지만 세상은 그런 사랑을 이해하지 못하고 허용하지도 않아. 의사 선생님이 나를 일깨워 주셨어.

온 마을이 우리 소문으로 떠들썩하대. 영주인 남동생이 아버지께 편지로 그 사실을 알렸고 아버지께서는 내게, 앞으로 너와 절대로 만나지 말라고 하셨어. 너에게 이런 고통을 주게 되어 진심으로 미안해. 뉘우치고 있으니 날 용서해 줘. 이제 그만 좋은 친구로 헤어지자."

그녀의 눈에는 눈물이 고여 있었다. 그녀는 눈물을 감추기 위해 눈을 감았다.

"마리아! 나의 삶은 오직 하나뿐이야. 너와 함께하는 삶뿐이라고. 나의 의지 역시 하나뿐이야. 그건 바로 너의 의지고. 그래 맞아. 나는 너를 진심으로 사랑하고 있어.

그렇지만 내게 그럴 자격이 없다는 것도 잘 알아. 신분으로 봐도 그렇고 마음의 고결함이나 순결함에서도 너에게 많이 부족하기 때문에 너를 나의 여자라고 생각하는 것조차 당치 않다는 걸 잘 알아. 하지만 이 세상에는 그런 남녀 관계 말고는 우리 둘이 함께 걸을 다른 길이 없어.

마리아! 너는 자유야. 나는 어떤 헌신도 기대하지 않아. 네가 싫다면 우리는 영원히 만나지 않을 거야. 하지만 네가 나를 사랑하고 있다면, 네가 나의 것이라고 느낀다면, 항간의 소문쯤은 무시할 수 있지 않을까? 세상 사람들의 차가운 비난 따위는 잊어버리자. 나는 일생 동안 너를 나의 품에 안고 가겠어. 죽든 살든 너의 것이 되겠다고 이렇게 무릎 꿇고 맹세할게."

"불가능한 걸 원해서는 안 돼. 우리가 사랑하는 남녀로 이 세상을 사는 것이 신의 뜻이라면, 어째서 내게 이런 평생의 고통을 주셨겠어? 운명이니 사정이니 인연이니 하는 모든 것이 결국 신의 뜻임을 잊어서는 안 되는 거야. 그것을 거역하는 것은 신에게 반항하는 거야. 그것을 어리석다고 할 순 없지만 불순한 행위인 건 맞아.

신이 정해 놓은 궤도에서 별들이 만나고 다시 헤어지는

것처럼 인간이 이 세상을 사는 것도 같은 이치라고 생각해. 신의 뜻을 거부하는 건 무모한 짓이고 세상의 질서를 파괴하는 짓이야. 우리가 신의 뜻을 이해할 수는 없더라도 믿을 수는 있잖아.

너와 나의 관계도 마찬가지일 거야. 내가 너를 사랑하는 것이 어째서 옳지 않은지 솔직히 나는 이해할 수가 없어. 아니, 옳지 않다고 말할 수 없을 뿐 아니라 그렇게 말하고 싶지도 않아. 하지만 그대로 믿어야 하는 거야. 우리 둘 사이의 사랑은 있을 수 없는 일이고 있어서도 안 되는 일이야. 알겠지? 더 얘기할 필요 없겠지? 우리는 겸손과 믿음으로 신의 뜻을 따라야 해."

그녀는 차분하게 말하고 있었지만 얼마나 고통스러울지 나는 짐작할 수 있었다. 하지만 인생이 달린 싸움을 그토록 쉽게 단념하기는 억울하다는 생각이 들었다. 감정적인 말로 그녀의 괴로움을 더하지 않기 위해 나는 최대한 침착하게 말했다.

"오늘이 이 세상에서 우리가 만나는 마지막 날이어야 한다면, 하나만 확실히 하자. 도대체 누구를 위해 무엇을 위해 우리가 그런 희생을 해야 하는 거지? 우리들의 사랑이 세상의 법칙을 깨는 것이라면 나 역시 너와 똑같이 이별을 겸허하게 받아들이겠어. 보다 높은 뜻에 등을 돌리는 일은 신을 망각하는 일이니까.

인간은 때때로 신을 속이고 자기의 작은 재능으로 신의 예지를 뛰어넘을 수 있다고 생각할 때가 있지만 그건 미친 짓이지. 그런 거대한 싸움을 시작하는 인간은 결국 패배하여 멸망하고 말거야.

하지만 우리의 사랑을 막는 게 뭐야? 떠도는 소문 말고는 아무것도 없잖아. 나는 사회 규범을 존중해. 그것이 이 시대에 아무리 조잡하고 불편하더라도 존중해야 한다고 생각해. 병자에게는 인간이 만들어 낸 약이 필요하고, 인간이 이 세상에서 함께 살아가려면 사회 규범과 예의, 어쩌면 우리가 비웃는 편견마저도 필요할 거야.

옛날 아테네인이 그랬던 것처럼, 우리 사회의 미로를 지배하는 괴물에게 해마다 청춘 남녀를 배에 가득 실어 희생 제물로 바쳐야 하지. 누구나 마음에 상처 하나씩은 안고 사는 법이지. 순수한 감정의 소유자는 사회라는 새장 속에서 사랑의 날개가 꺾일 수밖에 없을 거야. 그것은 어쩔 수 없는 필연인 것이지. 너는 세상을 잘 모르겠지만,

내 친구들의 얘기만 모아도 이런 비극은 수십 권으로 엮어도 모자랄 지경이야.

한 남자가 한 여자를 사랑했고 여자 또한 남자를 사랑하게 되었지. 남자는 가난했고 여자는 부유했어. 그 때문에 양가 부친과 친척들이 싸우고 비웃어 결국 두 사람의 가슴은 부서지고 말았어. 왠지 알아? 중국 비단이 아니라 미국 면화를 입는 것이 불행이라고 세상 사람들이 생각했기 때문이야.

또 있어. 한 남자는 한 여자를 사랑했지. 남자는 신교도였고 여자는 구교도였어. 그 때문에 양가 모친과 성직자들이 불화를 일으켜 결국 두 사람의 사랑은 깨지고 말았어. 왠지 알아? 300년 전 카를 5세와 프랑수아 1세 그리고 헨리 8세가 심심풀이 삼아 벌였던 정치 놀음의 결과 때문에 죄 없는 남녀가 마음에 상처를 입어야 했던 거야.

또 있어. 한 남자는 한 여자를 사랑했어. 남자는 귀족이고 여자는 평민이었지. 결국 자매들의 시기와 독설로 두 사람의 사랑은 무너졌어. 왠지 알아? 100년 전 어떤 병사가 전쟁터에서 위기에 처한 국왕의 생명을 구했고, 그 공

로로 기사 칭호와 명예를 받았기 때문이지. 그 병사의 후손인 사랑에 빠진 남자는 조상의 피를 물려받은 대가를 치러야 했던 거야.

대략 한 시간에 한 명꼴로 사랑 때문에 마음에 상처를 입는다고 해. 내가 생각해도 그럴 것 같아. 왜 그렇게 많은 사람이 상처를 입는지 알아? 결혼과 관련된 사랑 이외에는 남녀 간의 사랑을 인정하지 않기 때문이야.

두 여자가 한 남자를 사랑한다면 한 여자는 상처를 입을 수밖에 없고, 두 남자가 한 여자를 사랑한다면 한 남자 혹은 두 남자 모두 희생을 치러야 하지.

왜 그럴까? 결혼할 생각이 아니면 아무도 사랑할 수 없는 거야? 아내로 맞을 수 없다면 어떤 여자도 바라볼 수 없는 거야? 눈을 감고 있는 걸 보니 아무래도 내가 너무 많이 얘기한 모양이야.

아무튼 내가 하고 싶은 말은, 항간에 떠도는 말들이 인생에서 가장 신성한 것을 가장 천한 것으로 만들어 버렸다는 거야.

그래, 마리아. 이걸로 충분해. 세상에 머물면서 세상과 이야기하고 타협해야 할 때는 세상의 언어를 사용해야겠지. 하지만 시끄러운 바깥 세상에 방해받지 않고 순수한 마음을 주고받을 수 있는 곳에서 만큼은 신성한 마음의 언어를 써야 하지 않을까?

자기의 정당한 권리를 인식하고 용기 내어 인습에 저항하려는 고귀한 영혼들의 이런 고독을 세상조차도 높이 볼 거야. 세상에 통용되는 예의나 겸손 혹은 편견 같은 것들은 담쟁이덩굴 같은 거야. 딱딱한 벽을 가득 메운 푸르른 담쟁이덩굴은 아름답지만 너무 무성하게 자라게 내버려 두면 언젠가는 벽에 있는 모든 틈새로 비집고 들어와 건물 전체를 부숴 버리고 마는 거야.

마리아! 내 것이 되어 줘. 너의 마음이 시키는 대로 해 줘. 지금 네 입술에 담긴 말이 나와 너의 삶과 행복을 영원히 결정지을 거야."

나는 입을 다물었다. 내 손에 쥐어진 그녀의 손에서 심장의 따뜻한 압력이 느껴졌다. 그녀의 마음속에서 폭풍이 휘몰아치고 있었다. 그리고 그 폭풍에 모든 먹구름이 밀려난 파란 하늘이 내 앞에 아름답게 펼쳐졌다.

"그런데 왜 나를 사랑하지?"

그녀는 이 결정적인 순간을 조금이라도 지연시키려는

듯 낮은 목소리로 물었다.

"왜냐고? 마리아! 어린아이에게 왜 태어났냐고 물어봐. 들에 핀 꽃에게 왜 피었냐고 물어봐. 태양에게 왜 햇빛을 비추냐고 물어봐. 내가 너를 사랑하는 건 그럴 수밖에 없기 때문이야. 이 대답이 부족하다면 네가 가지고 있는 여기 이 책의 말을 빌려 대답할게."

가장 선한 것을 가장 사랑해야 한다. 쓸모의 유무, 이익과 손해, 얻음과 잃음, 명예와 불명예, 칭찬과 비난 따위를 따져서가 아니라 오직 고귀하고 선하기 때문에 사랑하는 것이다.

인간은 이런 진리에 따라 내면과 외면의 삶을 살아야 한다. 외면의 삶으로 보면 피조물마다 선함의 차이가 있다.

다른 사람보다 더 고귀하고 선한 사람이 있는 것이다. 그런 사람은 다른 사람보다 더 빛을 발한다.

고귀하고 선한 사람이 가장 빛나고 인정받고 사랑받는 것이 최고의 선이며 고귀하고 선한 사람이 사랑받지 못하는 것이 최고의 악인 것이다.

그러므로 피조물 간의 이런 차이를 인정한다면, 고귀하고 선한 사람을 사랑하고 가까이 접하고 그 사람과 하나가 되기 위해 힘써야 한다.

"마리아! 너는 내가 아는 지구 상의 피조물 중 가장 선한 사람이야. 그렇기 때문에 너는 내게 호의를 베풀고 나는 너를 사랑하는 거야. 아니, 우리는 서로 사랑하는 거야. 그러니 너의 가슴에 품고 있는 말을 솔직하게 얘기해 줘. 너는 나의 것이라고 말해 줘. 가슴속 깊이 담긴 너의 감정을 부정하지 말아 줘.

신은 너에게 고통을 주셨지만 또한 나를 너에게 보내 그 고통을 나누게 하셨어. 그러니 너의 아픔은 곧 나의 아픔이어야 해. 우리는 그 아픔을 함께 겪어야 해. 배가 무거운 돛을 안고 가듯이 말이야. 비록 버겁겠지만 돛이 있어 배는 폭풍을 헤치고 마침내 안전한 항구에 도달할 수 있는 거야."

그녀는 차츰 안정을 찾았다. 저녁놀 같은 홍조가 그녀의 뺨 위에 희미하게 서려 있었다. 그녀는 눈을 크게 떴다. 태양이 다시 한 번 찬란하게 빛을 발했다.

"나는 너의 것이야. 신의 뜻이라면…… 있는 그대로의

나를 받아 줘. 내가 살아 있는 한, 나는 너의 것이야. 신은 우리가 하늘나라에서도 보다 아름다운 삶을 함께하길 바라며 나에 대한 너의 사랑을 칭찬하실 거야."

우리는 가슴과 가슴을 마주하고 포옹했다. 나의 입술이 그녀의 입술에 부드럽게 키스했다. 시간은 우리를 위해 멈추었고 주위 세계는 모두 사라지고 우리 둘만 남은 듯했다. 그러나 그녀는 깊은 한숨을 토해 냈다.

"신이시여, 이 행복을 용서하소서."

그녀는 나직하게 중얼거렸다.

"혼자 있고 싶어. 힘이 들어 더는 못 앉아 있겠어. 다음에 봐, 안녕. 나의 친구, 나의 사랑, 나의 구원자."

이것이 내가 그녀에게 들은 마지막 말이었다. 아니, 마지막 편지가 더 있었다. 나는 집으로 돌아와 내 처지를 슬퍼하며 침대에 누웠다. 자정이 지났을 무렵 마리아의 주치의가 찾아왔다.

"우리의 천사가 마침내 하늘나라로 떠났네. 이건 그녀

가 자네에게 보내는 마지막 인사야."

　그는 편지 한 통을 내게 내밀었다. 편지 속에는 예전에 그녀가 내게 주었고 내가 다시 그녀에게 돌려주었던 '주님의 뜻대로'라고 새겨진 반지가 들어 있었다. 반지는 낡은 종이에 싸여 있었고 종이에는 내가 어렸을 때 그녀에게 했던 말이 적혀 있었다.

　"네 것은 모두 내 것이야. 너의 마리아로부터."

　나와 의사는 말없이 몇 시간을 앉아 있었다. 너무나 고통스러워 더는 견딜 수 없을 때 하늘이 우리에게 선물하는 정신적 실신 같은 것이었다. 마침내 늙은 의사가 몸을 일으켜 내 손을 잡고 말했다.

　"우리가 만나는 것도 오늘이 마지막이겠군. 자네는 여기를 떠나야 할 몸이고 나는 살날이 얼마 남지 않았으니…….

　자네에게 꼭 하고 싶은 말이 하나 있어. 내가 일생 동안 가슴속에 지니고 누구에게도 말하지 않은 비밀이라네. 마리아에게만은 꼭 고백하고 싶었는데…….

　자네가 대신 잘 들어 주게. 우리 곁을 떠난 그 영혼은 무척이나 아름다웠지. 경이롭고 순결한 정신과 심오하고 성실한 마음을 지녔었지.

하지만 나는 마리아와 똑같은, 아니, 더 아름다운 영혼을 알고 있지. 바로 마리아의 어머니라네. 나는 마리아의 어머니를 사랑했었어. 그녀도 나를 사랑했고. 우리는 둘 다 가난했고 그래서 나는 우리 두 사람이 이렇다 할 신분을 얻도록 하기 위해 세파와 싸웠네.

그러던 중에 젊은 후작이 그녀를 사랑하게 되었지. 그 후작은 바로 나의 영주였고, 나는 그녀를 진심으로 사랑했기에 그녀를 위해서는 어떤 희생도 아깝지 않았어.

나는 가엾은 고아를 후작 부인으로 만들기로 결심했지. 그녀를 진정으로 사랑했기 때문에 나의 행복쯤은 희생할 수 있다는 각오였던 거지. 그래서 나는 둘 사이의 모든 약속을 취소하자는 편지만 남기고 고향을 떠나 버렸다네.

그 뒤 나는 한 번도 그녀를 만나지 않았고 다시 그녀를 만난 것은 그녀의 임종 침상에서였지. 아기를 낳다가 죽고 만 거야.

이제 알겠나? 내가 왜 마리아를 사랑하며 하루하루 더 그녀의 생명을 연장시키려 애를 썼는지? 마리아는 나의 영혼을 이 세상과 이어 주는 유일한 존재였다네. 자네도 나처럼 잘 견디며 살아가길 바라네. 공허한 슬픔으로 하루하루를 허송하지 말게.

자네가 할 수 있는 한 사람들을 돕고 사랑하며 살게. 이 세상에서 마리아와 같이 아름다운 영혼을 만나 사랑하다 잃어버렸음을 신께 감사하게."

"주님의 뜻대로."

내가 대답했다. 그리고 우리 둘은 마지막 작별 인사를 나눴다.

∽

그 뒤 며칠이 지나고 몇 주일이 지나고 몇 달이 흐르고 몇 년이 흘러갔다. 고향이 타향이 되고, 타향이 고향으로 변했다. 그렇지만 그녀에 대한 나의 사랑은 그대로였다.

한 방울의 눈물이 큰 바다에 떨어지듯, 그녀에 대한 나의 사랑은 삶의 바다에 떨어져 수백만 사람들에게 스며들어 그들을 감쌌다. 내가 어린 시절에 그렇게도 좋아하던 수백만의 '남들'을.

오늘처럼 조용한 일요일에는 혼자 푸른 숲 속에 들어가 자연의 품에 가슴을 대고 엎드려 있으면 저 밖에 인간들이 있는지 없는지 알지 못하고 이 세상에 나 혼자만 있는 듯 느껴지고 그 느낌마저 없어질 정도로 고요해지면 온갖 생각이 떠오르고 나의 사랑이 가슴에 되살아나 신비하고 깊은 눈으로 바라보는 아름다운 그녀에게로 나를 이끈다.

그러면 수백만에 대한 나의 사랑은 오직 한 사람, 나의 수호천사를 향한 사랑으로 변하고 만다. 그리하여 나의 회상은 이 유한하고도 무한한 불가사의한 사랑의 수수께끼 앞에서 입을 굳게 다물게 되는 것이다.

The End

'순수한 사랑'을 일깨우는 감성적 울림

막스 뮐러 생애 처음이자 마지막 소설

《독일인의 사랑》은 독일 출신의 비교언어학자 프리드리히 막스 뮐러(Friedrich Max Müller, 1823~1900)가 1856년에 쓴 것으로, 병으로 짧은 인생을 살다간 연인 마리아를 향한 주인공의 지고지순한 사랑을 그려 낸 작품이다.

다소 단조로울 수 있는 이 사랑 이야기가 한 세기 반이 지난 오늘날까지도 감수성에 목마른 수많은 독자들에게 널리 회자되고 있는 이유는 무엇일까.

그것은 이 작품이 다루고 있는 '사랑'이라는 주제가 우리 삶의 중요한 속성 중 하나이기 때문이다. 특히 사랑의 '가치'가 많이 훼손된 요즘, 막스 뮐러 생애 단 한 편의 소설인 《독일인의 사랑》은 진정한 사랑의 의미를 우리에게 묻고 있다.

물망초 같은 낭만적 감수성

풍부한 감수성과 시적인 문체로 가득 찬 이 작품이 시인이나 소설가가 아닌 독일의 한 언어학자에 의해 쓰였다는 것은 놀라운 사실이다.

'금반지에 박힌 진주보다 풀잎에 맺힌 이슬방울보다 훨씬 아름답게' 빛나는 그의 문장은 여느 시구절에도 뒤지지 않는다.

그러나 실제 막스 뮐러가 문학사에서 차지하는 비중은 그리 크지 않다. 그의 아버지인 빌헬름 뮐러(Wilhelm Müller, 1794~1827)가 독일의 저명한 낭만파 시인(그리스 해방 전쟁의 감격을 노래한 '그리스 인의 노래'로 유명해졌으며, 특히 연작시 '아름다운 물방앗간의 처녀'와 '겨울 나그네'는 슈베르트가 곡을 붙인 것으로 잘 알려져 있다.)이었던데 반해 막스 뮐러는 문학보다는 산스크리트 언어학자이자 근대 종교학의 창시자로 더 많은 업적을 남겼다.

그런 그가 어떻게 오늘날 '사랑의 지침서'로 평가되고 있는 《독일인의 사랑》 같은 작품을 남겼을까.

이 작품이 씌어진 1850년대의 독일 문학은 노발리스의 《파란꽃》으로 대표되는 낭만주의 시대가 끝나고 관념적 이상주의에서 벗어나 현실을 직시하는 사실주의 시대로 접어든 시기였다.

이러한 때에 그가 '잿빛 바위 아래 돌연히 피어난 파란 물망초' 같은 낭만적 정서로 가득한 작품을 쓸 수 있었던 것은 낭만파 시인이었던 아버지의 영향도 컸지만, 《독일인의 사랑》이 탄생한 데에는 그의 부인이었던 조지나 애들레이드(Georgina Adelaide)와의 운명적 사랑이 더 중요하게 작용했다.

옥스퍼드 대학에서 언어학 교수로 재직 중이던 막스 뮐러 (당시 30세)는 우연히 만난 19세의 한 영국 소녀에게 깊은 사랑을 느끼게 된다. 그러나 부유한 가문의 출신이었던 애들레이드를 향한 그의 사랑은 결코 순탄치 않았다. 나이, 신분, 국적, 종교라는 여러 가지 벽에 부딪혀 그의 청혼은 번번이 거절당하고 만다.

그로 인해 깊이 상심하게 된 그는 '사랑의 조건'에는 무엇이 있으며, '사랑의 진정한 의미'는 무엇인지에 대해 진지하게 고민하게 된다.

그의 지고지순한 사랑은 결국 1859년에 그녀의 아버지로부터 결혼 승낙을 얻어 사랑의 결실을 이루지만, 실연의 아픔을 겪는 동안 그가 느꼈던 사랑에 대한 수많은 상념은 《독일인의 사랑》을 쓰게 하는 원동력이 되었다.

언어로 수놓은 순수한 사랑

《독일인의 사랑》에는 눈길을 사로잡을 만한 어떠한 사건도, 등장인물들을 비극으로 치닫게 할 어떠한 갈등도 존재하지 않는다. 다만 주인공인 '나'의 머릿속에 떠오르는 기억이나 단상들에 의지해 서술되고 있을 뿐이다.

이 단조로운 이야기 전개에서 독자들을 이탈하지 않게 하는 것은 작품 곳곳에 존재하는 유려한 문장들이다. 흡사 "맑은 하늘에 뜬 달이 모든 나뭇가지와 잎사귀에 은빛을 뿌려 놓은" 것 같은, "세포가 열리고 싹이 트고 꽃이 피어 목장의 융단 위를 아름답게 수놓는" 것 같은 문장들에 눈길을 빼앗기다 보면 독자들은 어느새 작품에 몰입해 있는 자신을 발견하게 된다.

이 작품의 줄거리는 지극히 단순하다. 주인공인 '나'가 병약하게 태어나 평생을 병상에서 지내야 하는 '마리아'라는 여인을 만나 사랑하게 되는 이야기이다. 그러나 두 남녀 주인공을 통해 드러내고 있는 사랑에 대한 성찰은 결코 단순하지가 않다.

타인과 타인이 만나 서로를 어떻게 인식하고 받아들여야 하는지, 또한 어떤 방식으로 서로를 사랑해야 하는지에 대한 깨달음이 작품 속에 녹아 들어가 있다. 한마디로 작품 전체가 사랑의 본질에 대해 정의를 내리고 있는 셈이다.

그렇다면 막스 뮐러가 《독일인의 사랑》을 통해 궁극적으로 나타내고자 했던 사랑은 어떤 모습일까. 그것은 두 남녀 주인공을 통해서도 알 수 있듯이 그 어느 것에도 구애받지 않는 순수한 사랑일 것이다.

어린 시절, 죽음에 임박했다고 생각한 '마리아'는 자신이 끼고 있던 반지를 동생들에게 하나씩 나누어 준다. 반지를 받지 못한 '나'는 오직 혼자만이 거부당했다는 생각에 상심한다. 그 마음을 알아챈 '마리아'가 마지막 남은 반지를 '나'에게 건네려 한다. 그러나 '나'는 "이 반지는 날 주지 말고 그냥 그대로 가지고 있어. 네 것은 모두 내 것이니까."라고 말하며 그녀에게 되돌려 준다. 이처럼 '너'와 '나'를 구분 짓지 않고 '네 것'과 '내 것'을 계산하지 않는 것, 아마도 그것이 작가가 지향한 순수한 사랑의 모습이 아니었을까.

순수한 사랑에 대한 이러한 성찰은 '나'와 '마리아'의 대화에서도 찾아볼 수 있다. 곧 죽음을 맞게 될 자신으로 인해 고통받을 '나'를 위해 '마리아'는 이별을 결심한다. "오늘이 이 세상에서 우리가 만나는 마지막 날"이라고 말하는 그녀에게 '나'는 죽든 살든 "일생 동안 너를 나의 품에 안고 가겠다."며 무릎을 꿇고 영원한 사랑을 맹세한다. 그러나 선뜻 그 마음을 받아들일 수 없는 그녀는 왜 자신을 사랑하느냐고 '나'에게 반문한다.

왜냐고? 마리아! 어린아이에게 왜 태어났냐고 물어봐. 들에 핀 꽃에게 왜 피었냐고 물어봐. 태양에게 왜 햇빛을 비추냐고 물어봐. 내가 너를 사랑하는 건 그럴 수밖에 없기 때문이야.

_본문 중에서

이러한 '나'의 대답에서도 알 수 있듯 '마리아'를 향한 사랑
에는 어떠한 이유도, 조건도 들어 있지 않다. 다만 하늘에 태양
이 떠 있듯이, 들판에 꽃이 피어나듯이 그녀가 존재하기 때문
에 사랑을 할 수밖에 없는 것이다. 신분, 명예, 부, 종교 등 그 어
떤 것에도 구애받지 않고, 존재 그 자체만으로 모든 것을 아우
를 수 있는 사랑. 그런 절대적인 마음이야말로 '순수한 사랑'이
갖춰야 할 진정한 조건인 것이다.

삶을 아우르는 사랑의 집합체

《독일인의 사랑》이 '순수한 사랑'을 그려 내고 있지만 비단
남녀의 사랑에만 국한돼 있는 것은 아니다. 작품의 형식상 '남
자'와 '여자'라는 두 주인공을 내세우고 있기는 하지만 사랑의
밀어로 작품 전체를 채우지는 않는다. 두 주인공이 나누는 대
화 속에는 종교적, 철학적, 문학적 관점에서 바라보는 '사랑'의
의미까지 내포되어 있다.

특히 종교적 관점에서의 사랑은 두 주인공이《독일 신학》에
대한 열띤 토론을 벌이는 장면에서 잘 드러난다. 이 책에서 강
렬한 감동을 받은 '마리아'는 세상의 '모든 이치를 따지려 들지
도 알아내려 하지도 않고 오직 신의 뜻에 순종'하고자 한다. 그
러나 '나'는 "아무리 하찮은 소명이라도 그것에서 신을 상기하
고 세속적인 것을 신적인 것"으로 만드는 인간의 의지와 인식

을 더 중요하게 여긴다. 결국 두 사람은 삶의 모든 일은 신의 섭리 안에 있으므로 겸허히 받아들일 수밖에 없다는 생각에서 합일을 이루지만, 작가는 이러한 의견 대립을 통해 진정한 기독교적 사랑의 의미가 무엇인지 규명하고자 한다.

그러나 작가가 궁극적으로 지향하는 사랑의 가치는 작품의 결말에서 보다 잘 드러난다. 어느 날 '나'를 찾아온 '마리아'의 주치의는 그녀의 죽음을 전한다. 주치의로부터 그녀의 마지막 편지와 어린 시절 되돌려 주었던 낡은 반지를 건네받은 '나'는 망연자실한다. 그런 '나'에게 주치의는 실은 자신이 사랑했던 여인이 마리아의 어머니였으며, 그것이 바로 "마리아를 사랑하며 하루하루 더 그녀의 생명을 연장시키려 애를 썼"던 진짜 이유였다고 고백한다. 그리고 고통스러워하는 '나'에게 이렇게 말한다.

공허한 슬픔으로 하루하루를 허송하지 말게. 자네가 할 수 있는 한 사람들을 돕고 사랑하며 살게. 이 세상에서 마리아와 같이 아름다운 영혼을 만나 사랑하다 잃어버렸음을 신께 감사하게.

_본문 중에서

이처럼 알 수 있듯 작가는 우리에게 보다 큰 의미의 사랑을 요구하고 있다. 연인에 대한 애틋한 감정을 넘어서 타인을 향한, 더 나아가서는 삶 전체를 아우를 수 있는 사랑. 그것은 '한 방울의 눈물이 큰 바다에 떨어지듯, 삶의 바다에 떨어져 수백 만 사람들에게 스며들 수 있는' 진정한 의미의 사랑일 것이다.

이 작품이 단순한 사랑의 설렘이 아닌 보다 큰 감동으로 다 가오는 것도 인간애로 향하고 있는 작가의 사유 때문일 것이 다. 세상의 모든 사랑의 집합체로서 《독일인의 사랑》이 앞으로 도 많은 독자들에게 깊은 울림을 전하길 기대해 본다.

김정은*

---

* 단국대 국문학과와 중앙대 대학원 문예창작학과를 졸업했다. 다년간 논술 강사와 잡지사 취재 기자로 근무했다. 학술 및 문학 관련 자유기고가로 활동 중 이다.

1823년 12월 6일 독일의 데사우(Dessau)에서 당대 저명한 낭만파 시인이었던 빌헬름 뮐러(Wilhelm Müller)와 그의 부인 아델하이드(Adelheid) 사이에서 둘째 아들로 태어났다.

1836~1841년 데사우에서 김나지움(독일의 교육 기관)을 마친 뒤, 1841년에 라이프치히 대학에 입학해 문헌학과 철학을 전공했다.

1843년 대학에 입학한 지 2년 만에 〈스피노자의 윤리학에 대한 연구〉라는 논문으로 박사 학위를 받았다. 뿐만 아니라 그리스어, 라틴어, 페르시아어, 산스크리트어 등을 익혔으며, 특히 고대 인도의 문화와 언어에 깊은 관심을 가지게 됐다.

1844년 인도 우화집 《히토파데사(Hitopadeśa)》를 독일어로 번역하여 라이프치히에서 출간했다. 베를린 대학의 철학 교수인 프리드리히 빌헬름 요제프 셸링(Friedrich Wilhelm Joseph von Schelling)에게 사사받기 위해 베를린으로 거처를 옮겼다. 그곳에서 독일의 언어학자인 프란츠 보프(Franz Bopp)를 만났고, 그의 지도 아래 산스크리트어와 비교언어학 연구를 계속했다.

1845년 인도 · 게르만어의 권위자인 뷔르누프(Eugène Burnouf)에게 가르침을 받기 위해 프랑스 파리로 건너갔다. 뷔르누프는 뮐러에게 영국의 동인도 회사에서 수집한 인도 경전 《리그베다(Rig Veda)》 사본을 번역할 것을 제안하였고, 그는 이 번역 작업의 완성을 위하여 영국으로 건너갔다. 이후 1849년과 1873년에 걸쳐 《라그베다》 전 6권을 영어로 번역 출간했다.

1847년 5세기경에 활동한 인도의 시인이자 극작가였던 칼리다사(Kāli-dāsa)가 산스크리트로 쓴 서정시 《메가두타(Meghadūta)》를 독일어로 번역해 출간했다.

1850년 옥스퍼드 대학에 강의 교수로 초빙되어 문학사, 비교 독문학 등을 강의했다.

1853년 당시 열아홉 살이었던 영국 소녀, 조지나 애들레이드(Georgina Adelaide)를 보고 첫눈에 반해 사랑에 빠지게 되었다.

1856년 영국에서 가장 오래된 옥스퍼드 대학의 보들리언 도서관의 오리엔탈 부서의 사서로 종사했다. 그리고 그의 유일한 소설 작품인 《독일인의 사랑》이 독일어로 창작되었다.

1857년 《독일인의 사랑》이 독일의 라이프치히 브로크하우스 출판사에서 작가 미상으로 출간됐고, 출간 즉시 독자들로부터 큰 호응을 얻었다.

1858년 옥스퍼드 대학에서 명예 학위를 받았으며, 올 소울즈 칼리지(All Souls College)의 평생회원이 됐다.

1859년 조지나 애들레이드와 마침내 결혼식을 올리게 됐다. 그리고 《고대 산스크리트 문학의 역사》를 영국에서 출간했다.

1861년 그의 유명한 저서 중 하나인 《언어학 강의》 제1권을 런던에서 출간했다.

1868년 옥스퍼드 대학에 신설된 비교종교학과의 초대 정교수가 됐다.

1872년 프랑스 스트라스부르 대학의 교환 교수로 갔다.

1875년 스트라스부르 대학의 교수직을 사임하고 《동방 성전(The Sacred Books of the East)》 시리즈 편집에 몰두했다. 이 시리즈는 총 50권으로 구성되어 있고 힌두교, 불교, 조로아스터교, 이슬람교 그리고 중국의 경전들이 포함되어 있다. 그러나 그가 세상을 떠날 때까지도 당초에 계획했던 세 권의 책을 다 출간하지는 못했다.

1876년 첫째 딸 아다(Ada)가 뇌막염에 걸려 16세의 나이로 세상을 떠났다. 딸을 잃은 슬픔에 잠긴 그는 이듬해 가족들과 함께 영국으로 돌아갔다.

1877년 그의 부인 애들레이드에 의해 《독일인의 사랑》이 영어로 번역돼 출간됐다.

1878년 《종교의 기원과 생성》이 런던에서 출간됐다.

1892년 《신비주의학》이 런던에서 출간됐다.

1896년 추밀원(Privy Council)의 회원으로 추대됐다.

1898년 건강이 급격히 나빠지기 시작했다. 그러나 이듬해 《인도 6파 철학》을 출간하는 등 학문에 대한 식지 않은 열정을 보여 주었다.

1900년 10월 28일, 일흔일곱의 나이로 옥스퍼드에서 생을 마감했다.

옮긴이 **배명자**

서강대학교 영문학과를 졸업하고, 출판사에서 편집자로 근무하였다. 대안 교육에 관심을 갖고
독일로 유학을 갔다. 독일 뉘른베르크 발도르프 사범 학교를 졸업하였다. 현재 가족과 함께 독
일에 거주하며 전문 번역가로 활동 중이다.《팀장의 역할》《위키리크스》《나는 가끔 속물일 때
가 있다》《소금의 덫》《슈퍼차일드》등을 번역했다.

독일인의 사랑
1906년 오리지널 초판본 표지디자인

초판 1쇄 펴낸 날 2025년 9월 1일

지은이   프리드리히 막스 뮐러
옮긴이   배명자
펴낸이   장영재
펴낸곳   (주)미르북컴퍼니
자회사   더스토리
전   화   02-3141-4421
팩   스   0505-333-4428
등   록   2012년 3월 16일(제313-2012-81호)
주   소   서울시 마포구 성미산로32길 12, 2층 (우 03983)
E-mail   sanhonjinju@naver.com
카   페   cafe.naver.com/mirbookcompany
S N S   instagram.com/mirbooks

* (주)미르북컴퍼니는 독자 여러분의 의견에 항상 귀 기울이고 있습니다.
* 파본은 책을 구입하신 서점에서 교환해 드립니다.
* 책값은 뒤표지에 있습니다.